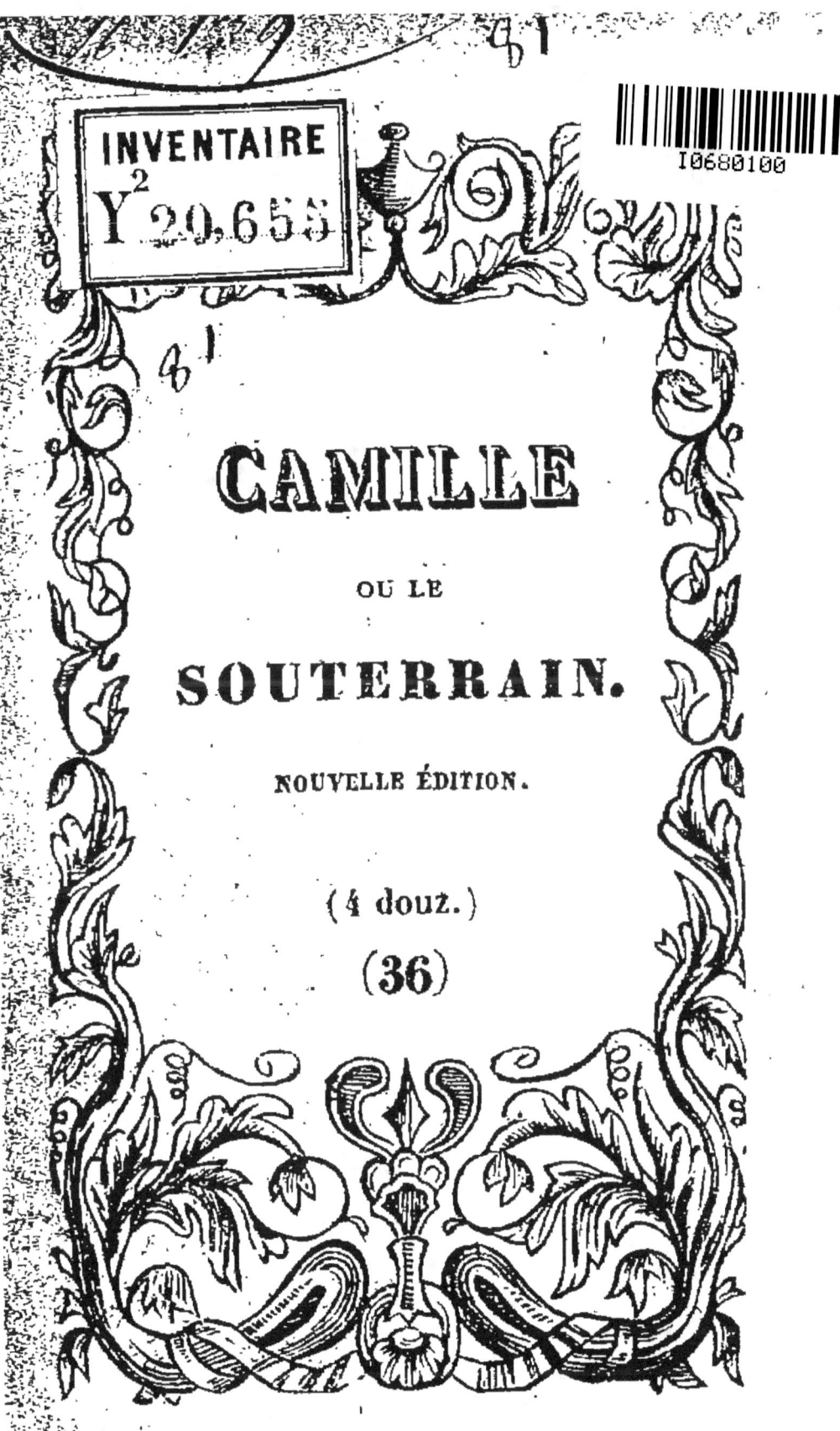

CAMILLE

OU LE

SOUTERRAIN.

NOUVELLE ÉDITION.

(4 douz.)

(36)

CAMILLE

OU

LE SOUTERRAIN.

NOUVELLE ÉDITION.

MONTBÉLIARD.

LIBRAIRIE DE DECKHERR FRÈRES.

CAMILLE.

CAMILLE

OU

LE SOUTERRAIN.

OMMENT aurai-je la force de me rappeler avec détails des malheurs dont, pendant si long-temps le seul souvenir excitait en moi de si terribles révolutions?.... Comment pourrais-je l'écrire, cette déplorable histoire?.... O mes filles! vous la lirez ; elle pourra vous offrir d'utiles et de frappantes leçons: cette idée soutiendra mon courage.

Et toi qu'un lien funeste, mais sacré, rendit l'arbitre de mon sort; toi, dont je vais à regret troubler la cendre et retracer les fureurs et les crimes: pardonne!... Tes forfaits et mes malheurs ignorés, j'aurais su respecter la mémoire et m'imposer un silence éternel... Si cet écrit en renouvelle le souvenir, du moins je n'y dissimulerai pas les imprudences et les fautes qui me précipitèrent dans ce gouffre de maux, et m'attirèrent de si cruels tourmens.

Je naquis à Rome, unique héritière d'une fortune immense, et une des plus illustres maison d'Italie. Je reçus une éducation distinguée. Elevée par la meilleure des mères, chérie d'un père tendre et d'une famille dont j'étais la seule espérance, la fortune et la nature semblaient avoir tout fait pour moi... J'attaignis ma quinzième année, sans avoir, jusqu'à cette époque, éprouvé un seul chagrin, sans avoir eu de maladie, sans avoir versé d'autres larmes que celles que l'attendrissement ou la joie font répandre. J'aimais à me rappeler le passé, je jouissais avec transport du présent, et je ne voyais dans l'avenir qu'un sort aussi brillant qu'heureux. J'avais eu pour compagne de mon enfance une jeune personne, fille d'une amie de ma mère. Je pris pour elle une amitié passionnée. Elle était honnête, sensible; mais elle n'avait point d'expérience; elle ne pouvait ni me conseiller ni me guider: cependant j'avais en elle une confiance sans bornes. Je chérissais, je respectais ma mère; je ne la regardais point comme une amie, parce qu'elle m'en avait laissé prendre une autre: elle s'était même plu à former une liaison si dangereuse. Cette imprudence me coûta cher; elle fut la principale cause de tous mes malheurs. Mon amie se maria; elle épousa le marquis de Vénuzi, qu'elle aimait depuis un an. Je savais ce secret; et cette confidence n'avait que trop exalté mon imagination et séduit mon cœur. Mon amie, deux jours après son mariage, partit pour la campagne. Le marquis de Vénuzi l'emmena dans une maison charmante, à trente milles de Rome. Ma mère fut de ce voyage: et me mena avec elle. La marquise de Vénuzi était plus agée que moi de trois ans : elle paraissait également réfléchie et raisonnable : ainsi, quoiqu'elle ne fût que dans sa dix-neuvième année, ma mère nous laissa une entière liberté de nous voir seules à toute heure. Un soir la marquise, après souper, me proposa d'aller nous promener dans le parc. Nous y fûmes tête-à-tête; nous entrâmes dans un petit labyrinthe; et, au détour d'une allée, nous vîmes très-distinctement un jeune homme assis sur un banc. Il se leva en nous appercevant, et la surprise qu'il témoigna en nous voyant, nous en causa une très-grande. La lune donnait sur son visage; nous étions fort près de lui, et nous fûmes également frappées de sa figure, et de l'air de noblesse répandu sur toute sa personne. Après un moment de silence, comme il ne s'éloignait pas, la marquise lui demanda qui il était. Il lui répondit avec autant de respect que de galanterie; mais il refusa de se nommer,

et s'éloigna au même moment. Fort éton-
nées de cette aventure, nous rentrâmes
aussitôt, et nous la confiâmes au marquis
de Vénuzi : il sourit, et nous laissa pénétrer que ce jeune homme ne lui était pas
inconnu, et comme je lui montrais un
vif désir d'en savoir davantage, tout ce
que je puis vous dire, répondit-il, c'est
que ce jeune homme est libre, qu'il est
d'une naissance illustre, que depuis long-
temps il souhaitait passionnément de vous
voir, et que, s'il y consent, je vous di-
rai demain son nom. Le lendemain je
renouvelai mes questions, et je n'obtins
que des réponses vagues. Le soir, lorsque
ma mère fut couchée, je descendis chez
mon amie, et je m'enfermai avec elle
dans son cabinet. Nous parlions de l'a-
venture de la veille, quand tout à coup
la porte s'ouvrit : et je vis entrer le marquis de Vénuzi, tenant d'une main une
lanterne sourde, conduisant ce même jeune homme que j'avais tant d'envie de
connaître. Je restai immobile de surprise,
et le marquis s'approchant de moi : — Je
vous présente, me dit-il, mon prisonnier,
auquel je crois, continua-t-il en riant,
qu'il ne me sera plus possible maintenant
de rendre la liberté, puisqu'il a eu l'imprudence de vouloir vous voir une seconde
fois. A ces mots, je rougis, et j'éprouvai

le plus mortel embarras. Malgré mon extrême jeunesse, je sentais les conséquences
d'une semblable aventure. Je fus un moment tentée de sortir, d'aller trouver ma
mère, de lui tout avouer; mais la curiosité me retint et me fit oublier mon de-
voir. Le marquis prenant un air plus sé-
rieux, nous dit qu'il allait nous confier
un secret important. Je connais, ajouta-t-
il, votre discrétion à l'une et à l'autre,
et je suis bien sûr que vous justifierez la
confiance que vous savez inspirer. Après
ce préambule, le marquis me fit promet-
tre un secret inviolable, et le jeune homme prenant la parole nous apprit qu'il
s'appelait le comte de Belmire; que son
père, le marquis de Belmire, était frère
du duc de C***, un des plus grands sei-
gneurs de Naples; que ce dernier, l'aîné
de sa maison, brouillé avec son frère,
trouva le moyen de le perdre à la cour,
et le persécuta avec tant d'acharnement,
qu'il le força de s'expatrier et d'aller s'é-
tablir en France, où le marquis de Belmire, au bout de quatre ans, eut une affaire malheureuse qui l'obligea à chercher
une autre retraite; que le marquis de Vénuzi, son ami intime, alors en France,
et sur le point de repasser en Italie, le
décida à revenir secrètement aux environs
de Rome, en lui offrant un asile dans sa

maison de campagne; qu'il était caché depuis trois mois dans cette maison que nous habitions; que ce jeune comte de Belmire, ayant entendu parler de moi, n'avait pu résister au désir de me voir; qu'après m'avoir entrevue la nuit au clair de la lune, il avait conjuré le marquis de Vénuzi de lui procurer une entrevue à laquelle il attachait un si grand prix, et qu'enfin il partait le lendemain pour Venise avec son père. Après avoir écouté ce récit, je me levai; et, malgré les instances du marquis, je me retirai. Je remontai dans ma chambre, accablée de tristesse. Je n'osai réfléchir à tout ce qui venait de se passer, je craignais d'interroger mon cœur et d'examiner ma conduite: je ne pouvais concevoir que j'eusse été capable d'écouter à l'insu de ma mère, au milieu de la nuit, un jeune homme, un inconnu qui avait osé m'entretenir de sa passion. J'entrevoyais clairement que je devais me défier des conseils du marquis de Vénuzi, et même que sa femme n'était pas en état de me guider; je frémissais du danger de ma situation. Un pressentiment affreux semblait m'avertir que j'allais perdre sans retour ma réputation, mon repos, enfin tout le bonheur dont jusqu'alors j'avais joui. La marquise de Vénuzi reprit bientôt sur moi son ascendant ordinaire, elle me parlait sans cesse du comte de Belmire. Ces dangereux entretiens achevèrent d'égarer ma raison, sans pouvoir cependant dissiper ma tristesse. Nous restâmes trois mois à la campagne, au bout desquels nous retournâmes à Rome. Vers la fin de l'hiver, il y eut beaucoup de fêtes ; le marquis de Vénuzi donna un bal masqué, et j'y fus avec ma mère. Sur les deux heures après minuit, la marquise proposa d'aller changer d'habit dans sa chambre ; nous sortîmes de la salle ; et, en traversant une petite galerie assez obscure, je remarquai un masque qui nous suivait. Quelle fut ma surprise, lorsque ce masque approchant de moi, et tombant à mes genoux, nous fit connaître le comte de Belmire lui-même ! Malgré mon saisissement et la joie secrète que j'éprouvais en le revoyant, mon premier mouvement fut de chercher à m'échapper. Il me retint par ma robe, en me suppliant de lui accorder un moment d'entretien. Il conjura la marquise de m'engager à l'écouter ; elle s'unit à lui, et j'eus la faiblesse d'y consentir enfin. Le comte me dit que l'affaire de son père était heureusement arrangée ; que depuis six semaines il était à Naples ; qu'il y avait revu le duc de C***, son frère, avec lequel il s'était sincèrement raccommodé. « Mon père, continua-t-il,

» part dans un mois pour la France; quel-
» ques intérêts relatifs à sa fortune l'y
» appellent; mais il est absolument décidé
» à revenir dans sa patrie. Et moi, avant
» de le suivre dans ce dernier voyage,
» j'ai voulu savoir mon sort. Je me suis
» échappé de Naples uniquement pour
» apprendre si les vœux que j'ose former
» ne sont point entièrement rejetés.......
» Parlez, Mademoiselle : si vous me haïs-
» sez, je vais vous dire un éternel adieu....
» Méprisé par vous, c'en est fait, je re-
» nonce à l'Italie, l'on ne m'y reverra
» jamais: parlez.... Votre réponse me rap-
» pellera dans ma patrie, ou m'en exi-
» lera pour toujours. » Comme le comte
prononçait ces dernières paroles, je ne
pus retenir mes larmes : cette réponse ne

fut que trop bien entendue. Le comte
n'en demanda pas d'autres. il me répéta
mille fois l'assurance d'un amour éternel.

Certain d'être aimé, et de revenir à Rome
dans six mois, fait pour prétendre à ma
main, quoique sa fortune ne fût pas aussi
considérable que la mienne, tout semblait
justifier ses espérances; et cependant,
malgré moi, mon cœur ne pouvait les
partager. Deux mois après cette entrevue,
qui me ravit à jamais toute la tranquillité de ma vie, le duc de C*** vint à
Rome, et je le vis à une conversation chez
l'ambassadeur de France. Quand on me
le nomma, j'éprouvai une espèce de saisissement très-extraordinaire; mais qui cependant pouvait venir de tout le mal que
j'avais entendu dire de lui au marquis de
Vénuzi, qui, en me parlant de ses pro-
cédés avec le marquis de Belmire, m'a-
vait dépeint le duc comme un homme
d'un caractère également vindicatif et dis-
simulé. Le duc de C***, âgé alors de tren-
te-six ans, était parfaitement beau; cependant on remarquait dans ses sourcils je
ne sais quoi de sombre et de sinistre, qui
frappait au premier abord beaucoup plus
que la noblesse et la régularité de sa figure: il avait un regard perçant, dur et
farouche, et, quand il voulait l'adoucir,
il le rendait équivoque et faux; ses ma-
nières étaient en général dédaigneuses,
quoiqu'il ne manquât pas de politesse à
certains égards; son ton était aussi tran-

chant qu'impérieux ; énorgueilli de sa naissance, de ses emplois, de sa fortune, de son crédit à la cour, et de ses succès auprès des femmes, il ne pensait pas que rien dût jamais s'opposer à ses volontés ou résister à ses désirs ; emporté, violent, corrompu par l'orgueil et la prospérité, il ne savait ni vaincre ses passions, ni surmonter ses ressentimens ; implacable par faiblesse et par vanité, il mettait sa gloire à ne pardonner jamais; il haïssait avec fureur, et sacrifiait tout à l'affreux plaisir qu'il trouvait à se venger : tel était le duc de C***. Je me sentis pour lui une antipathie invincible dès la première fois que je le vis, et, pour mon malheur, je produisis sur lui une impression toute différente. Il se fit présenter chez ma mère; et, quinze jours après, mon père me déclara que le duc avait demandé ma main, et que je devais me décider à l'épouser dans un mois. Mon père ajouta : j'ai donné ma parole sans vous demander votre consentement, car je n'ai pas douté que vous n'acceptassiez avec plaisir le plus grand parti de l'Italie, un homme qui vous adore, et dont le personnel est si agréable. Je reçus cette déclaration, qui me parut l'arrêt de ma mort, sans pouvoir proférer une seule parole. Mon père m'aimait,

mais il était absolu. D'ailleurs, que pouvais-je dire? Avais-je même la ressource
de m'adresser à ma mère? de quel front
avouer mes fautes? Comment oser lui déclarer enfin que j'avais disposé de mon
cœur sans son aveu?.... Ce fut alors que
je connus dans toute son étendue la fa-
tale imprudence de ma conduite, et que
je sentis que le plus grand malheur qui
puisse arriver à une jeune personne, c'est
de n'avoir pas toujours regardé sa mère
comme sa confidente et sa véritable amie.
Ne pouvant ni me plaindre, ni parler,
renfermant au fond de mon âme et mes
chagrins et mes regrets, j'évitai la marquise de Vénuzi, dont je craignais les
dangereux conseils. Je pensai que l'obéis-
sance pouvait seule expier mes fautes. Je
me soumis à ma destinée, et je sacrifiai
mon bonheur au respect que je devais à
la volonté de mes parens. J'épousai le duc
de C***, et je partis presqu'aussitôt avec
lui pour Naples. En arrivant dans cette
ville, en entrant dans le palais où je devais passer ma vie, séparée de ma mère,
de mes amis, de ma famille, j'éprouvai
un mouvement de désespoir dont je ne
puis dépeindre l'amertume. Le duc, n'at-
tribuant ma profonde tristesse qu'à mon
affection pour mes parens, s'efforçait de
m'en distraire par les protestations d'un

sentiment qu'il n'était plus en mon pouvoir de partager. Je parus à la cour, et je m'apperçus bientôt que le duc était excessivement jaloux. Je m'en affligeai peu ; j'aurais préféré la retraite au grand monde ; mais la vanité du duc me retenait à la cour, malgré mon goût et sa jalousie. J'étais mariée depuis sept mois, lorsque j'appris que la marquise de Belmire était morte en France, qu'il avait nommé par son testament le duc de C***, tuteur de son fils, âgé seulement de dix-huit ans, et que ce dernier, en revenant en Italie, était tombé malade à Turin. Quinze jours après, le duc entrant dans ma chambre, me dit qu'il venait de recevoir des nouvelles de son neveu, dont la santé était rétablie. Il ne veut plus venir à Naples, ajouta le duc, et il vous écrit pour vous prier de m'engager à lui accorder la permission de voyager pendant deux ans. Voici la lettre. A ces mots, le duc me donne une lettre sous un cachet volant. Je la prends en tremblant, et je lis tout haut, d'une voix mal assurée, ce qui suit :

MADAME,

« Quoique je n'aie pas l'avantage d'être » connu de vous, il me semble que je » suis assez malheureux pour pouvoir es-

» pérer de vous inspirer quelque compas-
» sion...... J'ai perdu le plus tendre, le
» meilleur des pères !.... La douleur, le dé-
» sespoir m'ont conduit sur le bord du tom-
» beau.... Des secours inhumains, des amis
» cruels m'ont rappelé à la vie....Mais quel-
» le existence m'est rendue !.... J'ai perdu
» tout ce qui pouvait me la faire chérir....
» Pardonnez-moi, madame, de vous entre-
» tenir d'une douleur qui vous est étrangè-
» re, mon cœur en est si plein !..... Ah!
» daignerez-vous du moins m'excuser et me
» plaindre !...Les dernières volontés de mon
» père me mettent dans l'entière dépendan-
» ce de mon oncle ; mais je ne puis obéir a
» l'ordre de revenir à Naples!.... Mon
» père y reçut le jour, il y vécut vingt
» ans.... Tout m'y rappellerait des souve-
» nirs déchirans!.. Non, je n'irai point !...
» Je suis sûr, madame, que vous approu-
» verez cette délicatesse, et que vous en-
» gagerez mon oncle à révoquer un ordre
» qu'il est au-dessus de mes forces d'exé-
» cuter. Obtenez-moi, madame, la per-
» mission de voyager.... de fuir.... de m'é-
» loigner de Naples... enfin, la liberté de
» porter au loin de l'Italie une douleur
» et des regrets que je conserverai jus-
» qu'à mon dernier soupir.

» Je suis avec respect, etc.

» LE COMTE DE BELMIRE.»

Je ne puis donner une idée du trouble affreux et de l'effroi que j'éprouvai en lisant cette lettre. Il me semblait qu'il était impossible de n'en pas pénétrer le double sens.... D'ailleurs, le duc était le plus défiant et le plus soupçonneux de tous les hommes; mais cependant, ignorant que son neveu était à Rome; convaincu que je n'avais jamais pu le voir, il n'eut pas le plus léger soupçon de la vérité. Pour moi, ne pouvant plus renfermer au fond de mon cœur des sentimens qui le déchiraient, j'écrivis le lendemain à la marquise de Vénuzi, une lettre dans laquelle j'osais me plaindre de mon sort, et gémir sur la funeste passion dont je ne pouvais triompher. La marquise, dans sa réponse, me questionnait sur la conduite du duc. Je lui répondis avec franchise et ne lui cachai pas que je découvrais chaque jour, dans le duc, des défauts, des vices, et une certaine férocité de caractère, qui ne justifiait que trop l'antipathie que j'avais pour lui. C'est ainsi que, par de nouvelles imprudences, j'achevais de creuser l'abîme entr'ouvert sous mes pas.... Vers ce temps, je jouis du bonheur de revoir mon père et ma mère, j'étais au moment d'accoucher; ils vinrent à Naples pour mes couches. Je donnai le jour à une fille; je demandai et j'obtins la permission de la nourrir. Cette douce occupation, tout le temps qu'elle dura, suspendit mes chagrins, et me rendit insensible aux mauvais traitemens du duc, qui depuis long-temps cessait de se contraindre, et me laissait voir toute la violence et l'inégalité de son caractère. Le lendemain du jour que j'eus sevré ma fille, le duc entra chez moi, et me dit qu'il fallait partir à l'instant pour une terre qu'il avait à douze lieues de Naples. Ma fille était auprès de moi; je la pris dans mes bras, et sans dire une seule parole, je me levai et je suivis le duc. Nous montâmes en voiture; je tenais ma fille sur mes genoux, je la caressais. le duc gardait le silence, et pendant toute la route il parut plongé dans la plus grande rêverie.

En arrivant à son château, nous passâmes sur un pont-levis; le bruit des chaînes du pont me fit tressaillir; dans ce moment, je regardai le duc. Qu'avez-vous, me dit-

il?. l'aspect antique de ce château parait
vous surprendre? Quoi donc, croyez-vous
entrer dans une prison? Il prononça ces
paroles avec un sourire aussi forcé qu'a-
mer, et je remarquai dans ses yeux une
joie si cruelle que j'en fus épouvantée....
Voulant cacher mon effroi, je penchai ma
tête sur celle de ma fille, et je ne pus
retenir mes larmes. Ma fille les sentant
couler sur son visage, se mit à crier: ses
cris me pénétrèrent jusqu'au fond de l'a-
me; je la serrai contre mon sein avec le
mouvement de tendresse le plus passionné, et mes sanglots redoublèrent. Dans
cet état, je descendis de voiture. Le duc,
arrachant, pour ainsi dire, ma fille de
mes bras, la donna à un de ses gens,
et, saisissant une de mes mains, il me
conduisit ou plutôt m'entraîna vers le
château, me fit monter un escalier au
haut duquel nous trouvâmes une longue
galerie. Le jour commençait à tomber;
la galerie que nous traversions était excessivement vaste et sombre. Le duc mar-
chait d'une vîtesse extrême, lorsque s'arrêtant tout-à-coup: Vous tremblez, me
dit-il; d'où peut venir cette frayeur?
N'êtes-vous pas avec un époux que vous
aimez, qui doit vous chérir? — O Ciel!
m'écriai-je, que signifie cet air sombre,
égaré, ce son de voix terrible? — Venez,

venez, reprit-il, nous allons achever
cette explication. A ces mots, me portant
presque dans ses bras, car je ne pouvais
ni le suivre ni marcher, il me traîna
hors de la galerie, et me conduisit dans
une grande chambre à coucher. Je me
jettai sur une chaise, et je donnai un libre cours à mes larmes. Il sortit, et revint presqu'aussitôt, en tenant une lumière qu'il posa sur une table vis-à-vis
de moi, et auprès de laquelle il s'assit.
Je n'osais le regarder; respirant à peine,
pénétrée de terreur, les yeux baissés,
j'attendais en tremblant qu'il rompît le
silence.... Toutes mes fautes se retraçaient
à la fois à ma mémoire; je craignais confusément que le fatal secret de mon cœur
n'eût été pénétré. Ce cœur rempli d'effroi, frémissait devant un juge irrité.....
Oh! combien l'innocence m'eût donné de
courage!.... Mais je me sentais coupable,
et je n'avais pas la force de supporter
des pressentimens affreux, causés sur-
tout par mes remords. Enfin, le duc
prenant la parole : c'est assez jouir, dit-
il, du double secret de votre conscien-
ce.... Il est temps de porter au comble
la confusion qui vous accable.....
Lisez ces lettres que j'ai copiées moi-
même...... Alors il me donna un paquet
de papier; et, voyant que j'hésitais à le

prendre, il en tire une feuille, et lit
tout haut. Dès le premier mot, je reconnus une des lettres que j'avais écrites à
la marquise de Vénuzi, et dans laquelle
je lui parlais sans déguisement, et du
sentiment qui remplissait mon âme, et
de mon invincible aversion pour le duc.
Ah! je suis perdue! m'écriai-je... — Perfide, reprit le duc, je n'ai pu faire votre
bonheur; je vous ai choisie, préférée,
je vous adorais, et vous me haïssiez, et
vous vous trouviez infortunée!.... Je vous
inspire UNE INVINCIBLE AVERSION! Ah! je
justifierai votre haine.... Vous aurez désormais le droit de me haïr..... Trahi,
déshonoré par vous, croyez-vous que je
puisse souffrir impunément tant d'outra-
ges?.... — Arrêté, interrompis-je, vous
pouvez m'accuser et me punir, sans me
calomnier. Je suis coupable en effet;
mais si je n'ai pu triompher d'une passion malheureuse, du moins votre hon-
neur et le mien sont sans tache, et je
n'ai à me reprocher que les imprudens
aveux que l'amitié sut m'arracher. —Par-
jure! reprit le duc avec fureur, en reprenant une des lettres, écoutez votre con-
damnation. Alors il lut la phrase sui-
vante :

« Cet objet que rien ne peut arracher
» de mon cœur; hélas! il est aussi à

» plaindre que je le suis moi-même! Ne
» sait-il pas à quel excès il est aimé? Ne
» sait-il pas à quel excès je me reproche
» un aveu qui me rend aujourd'hui si
» coupable et si malheureuse!....»

Je ne me rappelai que trop ce passage
d'une de mes lettres : je me rappelai parfaitement aussi que, dans aucune de mes
lettres, non-seulement je n'avais nommé
le comte de Belmire, mais que même je
n'avais parlé de lui que d'une manière si
vague, qu'il était impossible de savoir par
ces lettres, dans quel temps ou à quelle
époque la passion que j'avouais avait pris
naissance; et le duc, violemment jaloux,
dès le commencement de mon mariage,
de deux hommes de la cour de Naples,
dont les sentimens pour moi avaient écla-
té, ne doutait pas que l'un des deux ne
fût l'objet que j'aimais. Cette supposition
me rendait véritablement criminelle à
ses yeux; car, d'après la phrase qu'il
venait de me citer, il semblait prouvé
que j'eusse avoué mes sentimens depuis
mon mariage. Il fallait pour me justifier,
lui déclarer qu'en lui donnant ma main,
mon cœur déjà n'était plus à moi; mais
je n'ignorais pas combien il méprisait les
femmes, et combien il était susceptible
de former les plus odieux soupçons, et,

d'après cette connaissance, l'intérêt même
de sa fille me fermait la bouche. Je n'a-
vais quitté Rome que six semaines après
mon mariage : le duc, en apprenant que
j'aimais avant de le connaître, n'était que
trop capable de concevoir d'injurieuses
méfiances sur la naissance de sa fille.
D'ailleurs, cet aveu pouvait aussi le conduire à pénétrer l'entière vérité. Il pouvait tout à coup se rappeler mille cir-
constances faites pour l'éclairer ; la lettre
que j'avais reçue de son neveu; mon
trouble en la lisant, ma rougeur toutes
les fois qu'il m'avait prononcé son nom;
il pouvait enfin découvrir les liaisons du
marquis de Vénuzi avec le père du comte
de Belmire : en un mot, lui ôter la pré-
occupation qui fixait tous ses soupçons à
Naples, c'était risquer un secret qu'il
m'était impossible de trahir, sans expo-
ser ce que j'aimais à toutes les fureurs
de son ressentiment, d'autant plus redou-
table, que le comte de Belmire dépendait
absolument de lui, puisqu'il n'avait pas
dix-neuf ans, et que le duc était son
oncle et son tuteur. Toutes ces réflexions
se présentèrent à la fois à mon imagination, et me plongèrent dans le plus mortel embarras. Ne pouvant me justifier,
je n'osais répondre. Le duc prit mon silence pour l'aveu tacite qui confirmait son

déshonneur et ma honte. Alors son emportement n'eut plus de bornes; il se leva, et s'approchant de moi avec un visage enflammé de fureur et des yeux étincelans : ainsi donc, dit il, vous ne pouvez plus rien alléguer pour votre défense?... — Hélas! répondis-je, êtes-vous en état de m'entendre?... Je suis innocente, j'en atteste le ciel... — Vous, innocente! interrompit-il! osez-vous le soutenir?.... N'avez-vous pas écrit vous-même que votre amant sait a quel excès il est aimé?...... — Et cependant, repris-je, en versant un torrent de larmes, je suis innocente, oui, je le suis.... — O monstre d'imposture! s'écria le duc, frémis de la vengeance prête à tomber sur toi!... A ces mots prononcés d'une voix menaçante et terrible, je crus entendre l'arrêt irrévocable de ma perte, je me jetai à genoux, et levant les bras au ciel : O Dieu! m'écriai-je, Dieu, mon seul secours, protège-moi! — Levez-vous, me dit alors le duc avec un ton plus calme; asséyez-vous : et écoutez-moi. J'obéis en le regardant d'un air timide et suppliant. Il fut quelques instans sans parler. Ensuite, poussant un profond soupir : vous devez comprendre, dit-il, à quel point je suis offensé!... Vous, qui m'accusiez d'être féroce et vindicatif; vous, ingrate, à qui

jusqu'ici je n'ai donné que des preuves
d'amour, vous êtes en droit maintenant
de craindre les effets d'un ressentiment si
fondé... Cependant.... il m'est possible encore de vous pardonner.... mais votre
sincérité seule peut désarmer ma colère;
songez-y; désormais le moindre déguisement vous perdrait sans retour.... Je puis
me contenter d'une victime.... mais il
m'en faut une.... Nommez-moi, sans hé-
siter, le vil séducteur qui vous a fait trahir et vos sermens et vos devoirs les plus
sacrés.... — Non, interrompis-je, non, je
n'ai trahi ni mes sermens, ni mes devoirs.... — Je veux, reprit le duc en éle-
vant la voix, je veux savoir le nom de
votre amant: je vous ordonne de me le
dire. Dans cet instant je pressentis toute
l'horreur de mon sort, mais avec mon
danger, je sentis mes forces s'accroître;
et préférant la mort même à la lâcheté
qu'on me proposait: s'il vous faut une
victime, répondis-je, immolez celle que
vous tenez en votre pouvoir; faites tomber sur moi tout le poids de votre vengeance; car ce nom que vous me demandez, vous ne le saurez jamais. Étonné,
confondu de ma hardiesse et de ma fer-
meté, le duc reste un moment immobile;
il ne trouve point d'expression qui puisse
rendre sa rage et son indignation. Enfin,

éclatant impétueusement : malheureuse,
dit-il, je ne le saurai jamais!.... Ah! je le
vois, vous n'avez pas l'idée des excès
où je puis me porter, vous ne me connaissez point encore!.... — Je m'attends
à tout, et je suis assez infortunée pour
savoir braver la mort!.... — La mort!....
Cesse de te flatter; va, ce n'est pas la
mort que je te destine.... Depuis un an,
je renferme au fond de mon âme et ma
haine et ma fureur : depuis un an je médite le châtiment de ton infidélité, et tu
crois que la vengeance d'un instant pourrait me satisfaire! Non, tu ne mourras
point.... Ta tombe en effet est préparée;
mais c'est vivante qu'il y faudra descendre, et tu n'y trouveras point la mort
que tu désires.... A cet affreux discours,
je sentis tout mon sang se glacer; mes
yeux se fermèrent, et je perdis entièrement l'usage de mes sens. En reprenant
ma connaissance, je me trouvai dans les
bras de mes femmes : je demandai avec
empressement celle qui m'était la plus at-
tachée, et la seule que j'eusse amenée
de Rome; on me répondit qu'elle était
restée à Naples. Je compris que c'était
par les ordres du duc, qui sans doute
avait craint un témoin importun et vigi-
lant, et cette circonstance mit le comble
à la terreur. Je passai la nuit entourée

de mes femmes, gênée par leur présence.
et redoutant de me trouver seule, n'osant
ni me plaindre devant elles, ni les ren-
voyer, et souffrant intérieurement tous
les tourmens que peuvent causer le repentir, l'effroi et l'attente d'une affreuse
catastrophe. Sur les dix heures du matin,
je demandai qu'on me conduisît dans
l'appartement de ma fille. Elle dormait
encore, je renvoyai mes femmes, et je
m'assis auprès de son berceau. Sa vue,
loin d'adoucir mes peines, les accrut encore. Hélas! cher enfant, disais-je, tu
dors paisiblement, tu goûtes les douceurs
du repos; tu ne peux ni sentir, ni partager les chagrins déchirans de ta malheureuse mère!... Je te vois peut-être
pour la dernière fois...... Oh! reçois mes
plus tendres bénédictions! O Dieu! poursuivis-je en me jetant à genoux, je me
résigne à mon affreuse destinée, mais
que ma fille soit heureuse!... Qu'elle vive
innocente et paisible!..... S'il est vrai
qu'on ait la barbarie de me l'arracher,
grand Dieu, protégez-la, tenez-lui lieu
de mère!... A ces mots, des sanglots
redoublés me coupèrent la parole. Dans
cet instant, la porte de la chambre s'ouvrit brusquement, et le duc parut. Je frémis en le voyant; mes larmes s'arrêtè-
rent, je me levai; et, ne pouvant me

tenir sur mes jambes, je retombai dans le fauteuil. Eh bien, dit le duc, la réflexion vous a-t-elle rendue plus raisonnable? Sentez-vous enfin tout ce que vous risquez en résistant à mes volontés? Un profond soupir fut toute ma réponse.... Ce nom que je vous ai demandé, reprit-il, êtes-vous encore décidée à ne jamais me le dire? Je levai les yeux au ciel, et je continuai toujours à garder le silence... Je veux une réponse positive, dit le duc: ME LE NOMMEZ-VOUS, OU NON!.... Je ne le puis, répondis-je.... — Ah! s'écria le duc, c'est la sentence que tu prononces!.... Regarde cet enfant, et dis-lui un éternel adieu..... — Non, vous n'aurez point la barbarie de m'en séparer... Ah! laissez-moi ma fille; que du moins je puisse la voir quelquefois, et je supporterai sans murmure tout ce que votre haine pourra m'imposer.... Eh! quoi donc! votre cœur est-il en effet inaccessible à la pitié? Ah! s'il était vrai, quelque soit le sort que vous me prépariez, vous seriez encore plus à plaindre que moi!..... Mais je ne puis le croire..... Non, vous ne m'arracherez point ma fille pour toujours!... Dans ce moment ma fille se réveilla, elle ouvrit les yeux; et regardant son père, elle sourit, et leva vers lui ses deux petites mains presques jointes. Hé-

las! dis-je, elle semble vous implorer pour
moi! Ô ma fille, ma chère fille, que ne
sais-tu parler, tu fléchirais ton père!.....
Alors je voulus la prendre dans mes bras;
mais le duc la saisissant : Laissez-la, dit-
il, elle n'est plus à vous....— Ah! m'é-
criai-je, arrachez-moi la vie, ou rendez-
moi ma fille! Faut-il, pour vous fléchir,
tomber à vos genoux..... vous m'y voyez.... En disant ces paroles, je me précipitai à ses pieds, je les arrosais de larmes, j'embrassais ses genoux.... Rien ne
coûtait à mon orgueil; je demandais ma
fille. Le barbare parut jouir de mon abaisse-
ment: il me contempla un instant dans
cette situation? ensuite il me repoussa
avec fureur, et fit quelques pas vers la
porte. Je me traînai toujours sur mes genoux, en criant: MA FILLE! MA FILLE!....
L'enfant, d'un air effrayé, fit un cris
plaintif en me tendant les bras.... elle
semblait me dire un douloureux adieu....
Hélas! au même instant je la perdis de
vue; le duc sortit impétueusement de la
chambre, et me laissa au comble du désespoir. Au bout d'un moment, il revint,
et me força d'aller dans mon appartement.
Alors composant son visage:.. vous me
croyez, dit-il, un cœur impitoyable, et
cependant..... Il s'arrêta et baissa les
yeux; ces yeux dont le regard sinistre

et farouche aurait pu découvrir son horrible artifice..... J'étais en son pouvoir, j'ignorais ses affreux projets, je ne lui voyais aucun intérêt à dissimuler : je n'avais que dix-huit ans : je crus qu'il se reprochait l'excès de sa cruauté, et que du moins il adoucirait la vengeance qu'il avait méditée d'abord ; un rayon d'espoir vint ranimer mon cœur ; je reparlai de ma fille ; le duc m'écouta d'un air sombre, mais sans témoigner de colère ; il feignit même d'éprouver un attendrissement qu'il voulait cacher. Il me fit entendre que sa passion pour moi causait seule les fureurs auxquelles il s'était livré, et il finit par me dire que si je prenais soin de ma santé, je pourrais revoir ma fille. Une espérance si chère me fit oublier tout ce que j'avais souffert. Voyant le duc moins cruel, je me trouvai plus coupable ; je sentis qu'en effet il devait me haïr, et que, d'après mes lettres, il pouvait me croire criminelle. Enfin, j'excusai ses fureurs ; je fus profondément touchée de la compassion qu'il me laissait entrevoir ; et, tandis que le repentir le plus sincère faisait couler mes larmes, le cruel auteur de mes maux s'applaudissait en secret du succès de ses noirs artifices, et préparait tout pour ma perte.

Cependant une fièvre assez considérable, causée par des chagrins si violens, me força de me mettre au lit. Le duc parut alors éprouver la plus vive inquiétude, il dépêcha un courier à Naples, et en fit venir deux médecins. Il ne quitta plus le chevet de mon lit ; il me donna, devant mes femmes, de grands témoignages de tendresse, me dit en particulier tout ce qui pouvait me persuader que sa passion l'emportait sur son ressentiment ; et il m'assura positivement que je reverrais ma fille aussitôt que je serais sans fièvre. A cette promesse, j'oubliai tout ce qu'il m'avait fait souffrir ; je saisis une de ses mains, je la serrai dans les miennes, et j'arrosai des larmes de la reconnaissance, cette main barbare qui devait, dans quelques heures, m'entraîner et me précipiter au fond d'un horrible cachot. Les médecins assurèrent que ma maladie n'était point dangereuse ; et, pressés de retourner à Naples, ils partirent au bout de deux jours. Le matin même de leur départ ; le duc affecta un redoublement d'inquiétude sur mon état ; et, quoique je n'eusse plus de fièvre ; il me força de rester dans mon lit. Comme il avait obligé toutes mes femmes à me veiller les trois jours précédens, elles étaient accablées de lassitude ; il les envoya se

reposer pour la journée entière, décla-
rant qu'il me garderait avec un de ses
valets-de-chambre et une vieille femme,
concierge du château. Ces deux témoins
n'étaient pas choisis sans dessein. Il leur
donna la préférence sur tous les autres,
parce qu'il les connaissait pour être l'un
et l'autre aussi crédules que bornés. Les
rideaux de mon lit étaient tirés; je me
croyais toujours gardée par mes femmes,
lorsqu'à midi je m'apperçus que je n'avais
dans ma chambre que les deux personnes
dont je viens de parler. J'en témoignai
ma surprise. Le duc s'approcha de mon
lit, en me disant que je n'en serais pas
moins bien servie, et qu'il ne me quitterait point. — Eh pourquoi donc, repris-je
avec émotion?... Je ne suis plus mal....
A cette question, pour toute réponse, il
me pria de ne point parler et de tâcher
de me tranquilliser, et il s'assit au chevet de mon lit sans savoir pourquoi : je
me sentis troublée, et mes yeux se rem-
plirent de pleurs. Le duc parut inquiet,
agité, et je remarquai sur son visage une
altération extraordinaire. Vers les trois
heures après-midi, il me demanda mon
bras; je le lui donnai en tremblant; il me
tâta le pouls, et tout à coup il fut vers
deux gardes; et tout haut il dit au valet-de-chambre de courir aux écuries,

d'envoyer un courier à Naples chercher un médecin, et à la vieille femme d'aller chercher le chapelain et de l'amener. Après avoir donné ses ordres, il ajouta d'un ton désespéré : ELLE SE MEURE ! ELLE SE MEURE !... Qu'on se figure, s'il est possible, l'excès de ma surprise et de mon effroi.... Mon premier mouvement fut de me lever et de fuir ; mais je retombai sans force sur mon lit, avec un battement de cœur qui m'ôtait la respiration, et une terreur qui me glaçait et me rendait immobile. Mes deux gardes, après avoir reçu chacun une commission qui les éloignait au moins pour trois quarts d'heure, partent, et je me trouve seule avec le duc. Alors il s'approche de moi et me présente une tasse : Tenez, dit-il d'une voix étouffée, prenez cette boisson.... A ces paroles, mes cheveux se dressèrent sur ma tête, une sueur froide inonda mon visage. Je crus être aux derniers instants de ma vie ; car je ne doutais point qu'il ne m'offrît du poison.... Buvez donc, reprit-il.... — Ah ! répondis-je, que me donnez-vous ?... Ce qu'il faut que vous preniez.... — Laissez-moi donc le temps d'implorer la miséricorde éternelle..... — Qu'osez-vous soupçonner ? M'accusez-vous d'un crime ?.... Hélas ! j'accuse sur-tout mon imprudence et ma destinée.... O mon

Dieu! continuai-je en joignant les mains, pardonne-moi, pardonne à mon persécuteur; console ma mère, mon père, et protége mon enfant! Après cette courte prière, je sentis tout mon courage se ranimer; j'osai croire que ma résignation me rendrait digne de paraître devant Dieu. Je jetai sur le duc un œil assuré; il était pâle, interdit et tremblant; il balbutia quelques mots entrecoupés, et d'une main soulevant ma tête, de l'autre il approcha le vase de mes lèvres. Alors, sans résistance, je bus toute la liqueur qu'il me présentait; et, croyant avoir reçu la mort, je retombai sur mon oreiller,

ayant fait entièrement le sacrifice de ma vie. Quelques heures après, mes yeux appesantis se fermèrent; un engourdissement total m'ôta jusqu'à la faculté de parler et de penser, et je tombai dans le sommeil léthargique le plus profond. Au bout d'une demi-heure, la vieille femme et le valet-de-chambre revinrent. Le duc, les cheveux en désordre, le visage baigné de larmes, courut au-devant d'eux, et leur dit que je venais d'expirer. Il les ramena dans ma chambre, afin, ajouta-t-il, d'acquérir la confirmation de son malheur, ou de me secourir, si j'avais encore quelques restes de vie. Il s'approcha de mon lit; ayant eu soin d'en fermer les rideaux et de rendre ma chambre extrêmement obscure, il feignit de me donner tous les secours imaginables: ensuite il parut se livrer un plus violent désespoir. Le chapelain arriva : il lui ordonna de réciter les prières pour les morts. Pendant ce temps, mes femmes réveillées, et tous les domestiques accoururent. Le duc était à genoux à mon chevet. Mes deux gardes contaient à toute la maison rassemblée, tout ce qu'on avait tenté pour essayer de me rappeler à la vie. Après ce récit, le duc entr'ouvrit un instant mes rideaux : on me vit pâle et sans mouvement, et personne ne douta de ma mort. Le duc fit retirer tout le monde dans la chambre prochaine; il resta dans la mienne, et garda avec lui le chapelain, vieillard âgé de quatre-vingts ans. Il dit les prières des morts jusqu'à minuit. Alors il envoya tous ses gens se reposer. Il déclara qu'il ne me ferait ensevelir que

le lendemain au soir ; et que, ne pouvant
s'arracher d'auprès de moi, il y passerait
le reste de la nuit. Il ferma toutes les
portes de mon appartement. Il établit le
chapelain et mes deux gardes dans une
anti-chambre séparée de ma chambre par
trois grandes pièces. Il leur dit qu'il ne
me quitterait qu'à sept heures du matin,
et qu'il voulait rester seul chez moi,
afin, ajouta-t-il, de n'être distrait ni dans
sa douleur, ni dans ses prières. Toute la
maison excédée de fatigues et de veilles,
profita avec empressement de la permission d'aller se reposer. Tout le monde
dormait profondément à quatre heures
après minuit, lorsque, sortant par degrés
de ma léthargie, je me réveillai. En ouvrant les yeux, et reprenant l'usage de
mes sens, j'apperçus le duc debout à côté de mon lit. Sa vue me fit tressaillir,
quoique cependant je n'eusse aucun souvenir de tout ce qui m'était arrivé. Ensuite, le regardant fixement, je me rappelai confusément qu'il était irrité contre
moi ; j'éprouvai un mouvement de frayeur, je détournai la tête, et voulant
me recueillir, afin de me rappeler les
idées du passé, mille images vagues et
fantastiques s'offrirent à mon imagination,
et je tombai dans une rêverie stupide qui
fut suivie d'une espèce d'assoupissement.

Alors le duc me fit respirer une eau spiritueuse, et avaler quelques gouttes d'une liqueur qui me ranima entièrement. Je me soulevai ; je gardai autour de moi avec surprise. Mes idées se débrouillant peu à peu, je me rappelai que j'avais cru prendre du poison, et je doutais presque de mon existence..... Oh! quel miracle me rend à la vie, m'écriai-je enfin ! — Vous n'avez éprouvé qu'une vaine terreur, me dit le duc : calmez-vous et bannissez ces craintes outrageantes. Je n'osai répondre, j'entrouvris mon rideau, je regardai dans la chambre, et voyant que j'étais seule avec le duc, je fus d'autant plus effrayée, que j'avais repris toute ma connaissance. Pourquoi donc, lui demandai-je, me veillez-vous seul? Vous le saurez, répondit-il : levez-vous maintenant. A ces mots, il me présente une robe; il m'aida à la passer, et, me soutenant dans ses bras, il me conduit ou plutôt me porte dans un fauteuil. Comme il me fit prendre encore de la liqueur dont j'avais déjà bu : et après un moment de silence : je ne vous cacherai rien, me dit-il. La boisson que vous prîtes hier était un breuvage assoupissant.... — Et pourquoi?... — Ecoutez-moi sans m'interrompre. Vous m'avez trahi, déshonoré. Je vous offrais votre pardon, vous l'avez refusé. Convaincue d'infidélité, vous nourrissez toujours au fond de l'âme une passion criminelle. Ma colère et mes menaces n'ont pu vous décider à me déclarer le nom de votre amant. Vous avez cru peut-être que ma considération pour votre famille m'empêcherait de vous arracher ma fille, et de vous priver de la liberté. Vous pensiez sans doute (car il n'est point de crimes dont votre haine ne me juge capable) vous pensiez que le seul moyen que j'eusse de me venger de vous était d'attenter à votre vie : et cette INVINCIBLE AVERSION que vous avez pour moi vous déterminait à mourir!.... Mais sachez enfin que vous vivrez et que vous serez pour jamais soustraite à vos parens, à vos amis, à vos domestiques, au monde entier!.... — O ciel! m'écriai-je. Et croyez-vous, cruel, que je ne sois redemandée ni par un père tendre, ni par la meilleure des mères?.... — Ils recevront demain, reprit le duc, la fausse nouvelle de votre mort.... — Grand Dieu!.... Et comment pourrez-vous?... — J'ai déjà annoncé votre mort en ce château. Durant votre assoupissement, tous mes gens vous ont vue.... — Hélas! interrompis-je, en fondant en larmes, je n'existe donc plus que pour vous!... Ah! je vois à présent toute l'horreur de ma destinée.... — Vous ne savez pas tout encore, dit le duc; apprenez que j'ai dans ce château de vastes souterrains inconnus à tout le monde; le jour n'y pénétra jamais.... — O Dieu! m'écriai-je, c'en est donc fait, je suis perdue sans ressource! — Non, reprit le duc, votre sort est encore dans vos mains; je puis aller dans un moment réveiller mes gens, et déclarer que vous n'étiez qu'en léthargie. Je n'ai point fait partir ma lettre pour votre père, je puis encore vous faire reparaître et vous pardonner.... Je n'exige de vous qu'un mot, un seul mot.... Il me faut une victime, je vous l'ai dit.... Nommez-moi votre amant, et vous rentrez dans tous vos droits, et je vous rends au monde, à la vie.... — Que me proposez-vous? interrompis-je, de livrer à votre ressentiment un objet, je vous le répète, qui ne vous à point outragé... Ah! je serais indigne de vivre, si j'avais la lâcheté d'y consentir!.... Pensez-y bien, dit le duc, en me lançant un affreux regard; encore un refus, et je vous traîne dans la demeure ténébreuse d'où rien ne pourra vous arracher. Il faut que demain votre père, votre mère se désespèrent de votre perte, ou se réjouissent de votre convalescence. Demain vous reverrez votre fille et le jour, ou vous serez à jamais privée de la lumière,

et gémissante au fond d'un horrible cachot; demain enfin l'on vous verra dans
ce château, jouissant d'une santé parfaite,
où l'on fera vos funérailles. Songez-y;
ce moment passé, plus d'espoir de pardon. En vain votre repentir l'implorerait;
je n'aurais plus la possibilité de vous
l'accorder. A ce discours pressant et terrible, je me lève éperdue, je tourne avec
effroi mes yeux du côté de la porte, et
poussant un cri lamentable: Eh quoi!
m'écriai-je, suis-je donc abandonnée de
l'univers entier?... Ma fille! je vivrais et
je ne la verrais plus! Mon père, ma mère, demain vous pleureriez ma mort!....
ma fille!... Ah! laissez-moi voir ma fille
encore une fois..... — Dites un mot, répondit le duc, et dans un quart-d'heure
votre fille sera dans vos bras.... A ces
mots je sentis mon cœur se déchirer. Je
gardai le silence un moment, je pensai
que le comte de Belmire était absent;
qu'il ne devait revenir que dans un an;
que, pendant cette espace, il me serait
facile de le faire prévenir; que d'ailleurs,
un aveu naïf ferait connaître mon innocence. Mais tout à coup songeant à la
cruauté de mon persécuteur, je rejetai
promptement cette légère tentation. Qui
m'assurait qu'un tel aveu pût me rendre
ma fille et ma liberté! Ne devais-je pas

croire, au contraire, que le duc, certain
de ma haine, ne renoncerait point à la
vengeance qu'il avait méditée, ou que du
moins il se contenterait d'en adoucir l'in-
humaine rigueur? Et, dans ce doute,
pouvais-je être tentée de livrer à sa fureur l'objet que j'aimais? toutes ces réflexions se présentèrent à mon esprit avec
une extrême rapidité.... Le duc crut que
je balançais. Il me pressa de nouveau,
en ajoutant : Le jour bientôt va paraître :
il est temps de vous décider ; je vais réveiller mes gens, et leur annoncer que
vous vivez, ou je vais vous conduire dans
votre tombe. Parlez.... voulez-vous me
nommer l'auteur de vos maux et des
miens? A cette question, je levai les yeux
au ciel, et rassemblant toutes mes forces :
je ne le puis, répondis-je?... — Que dites-
vous, malheureuse! interrompit le duc.—
Non, repris-je, perdez cette espérance,
je ne le nommerai jamais. — Perfide,
s'écria le duc, ainsi donc tu préfères ton
amant à ta fille, à la liberté, à la vie!...
à l'univers! Tremble maintenant.... L'instant de la vengeance est arrivé enfin!...
Comme il achevait ces mots, il voulut
me saisir par le bras. Pénétrée d'épouvante et d'horreur, je m'échappai. Je
courus à l'autre bout de la chambre, et
passant mes deux bras autour d'une des

colonnes de mon lit, je m'y attachai for-
tement. En faisant ce mouvement, ma
coëffure de nuit se détacha, et mes cheveux tombèrent sur mes épaules ; le duc,
qui venait à moi, s'arrêta, il parut sur-
pris, frappé, et me regarda un instant
en silence. Ensuite, m'arrachant de la
colonne, il me porte vis-à-vis d'une glace : infortunée, dit-il, contemple pour la
dernière fois cette beauté que d'affreuses
ténèbres vont cacher pour toujours!...
lève les yeux, regarde-toi.... Ne sois pas
plus barbare que je ne le suis moi-même.... Songe à ta jeunesse, à tes charmes;
prends pitié de ton sort.... Tu pourras
encore le changer. Alors je ne pus me
défendre de jeter sur la glace un regard
craintif et languissant. Je fermai les yeux
aussitôt, et je sentis quelques larmes s'é-
chapper à travers mes paupières.... — Eh
bien! reprit le duc, êtes-vous inébranla-
ble.... — Ah! répondis-je, ne m'avez-vous
pas vainement offert de revoir ma fille!...
A peine eus-je prononcé ces paroles, que
le duc, transporté de rage, m'enleva
dans ses bras et m'emporta hors de la
chambre.... Je n'opposai nulle résistance;
l'excès de ma terreur me rendait immobile et muelte. Après avoir traversé trois
pièces, il me fit descendre un petit escalier dérobé, et je me trouvai dans une

grande cour, au bout de laquelle était
une porte que le duc ouvrit. Nous sortîmes, et je vis que nous étions dans le
jardin. Dans cet instant, le duc s'appercevant que le jour paraissait : Cette aurore, dit-il, est la dernière que tes yeux
verront jamais.... Je me jetai à genoux ;
et levant la tête vers le ciel : O Dieu !
m'écriai-je, Dieu, qui connaissez mon
innocence, souffrirez-vous que je sois en-
terrée vivante, et privée pour jamais de
la clarté des cieux ? — Comme je disais
ces mots, le duc m'entraîna vers un rocher à vingt pas de nous, et posant une
clef derrière une énorme pierre, tout
à coup une espèce de trappe s'abatit....

Je frémis... Le duc s'arrêta : Ce moment
vous reste encore, me dit-il ; voici votre
tombe, elle n'est qu'entr'ouverte.... Re-
pentez-vous, et montrez-moi vos remords
par un aveu sincère, et je suis prêt à
vous pardonner. Vous croyez peut-être,

continua-t-il, qu'à l'instant de consommer ma juste vengeance, j'en crains les suites pour moi-même, je la médite depuis long-temps. Tout est prévu, et rien ne peut m'arrêter. Alors il entra dans l'affreux détail de toutes les précautions qu'il avait prises. Il m'apprit qu'il avait fait faire une figure de cire pâle et livide, qu'il placerait dans mon lit, et que, sous prétexte de vouloir remplir un acte de pitié, il l'ensévelirait avec l'aide de la vieille femme dont j'ai parlé, sans être obligé de mettre cette femme dans sa confidence, qui ne serait que spectatrice et témoin de cette action. Enfin, ajouta-t-il, acceptez-vous le pardon que je daigne vous offrir encore pour la dernière fois? Parlez: sacrifiez votre amant à mon ressentiment; apprenez-moi son nom, ou renoncez pour jamais à la liberté, au monde, à la lumière. A ces mots, je tendis les bras vers le soleil naissant, comme pour lui dire un éternel adieu. Le ciel, chargé de nuages brillans et majestueux, offrait l'aspect le plus imposant: cette contemplation éleva mon âme, et me rendit tout mon courage. Je jetai avec mépris mes regards sur la terre, et me tournant vers le duc: Prenez votre victime, lui dis-je d'un ton ferme. A l'instant il m'entraîne; mon cœur palpite avec violence, je tourne la tête pour voir encore une fois le jour que j'abandonne pour jamais. Nous descendons dans une obscure caverne; mes jambes tremblantes ne peuvent me soutenir. Agitée par d'affreuses convulsions, je me débats dans les bras de mon persécuteur, et je tombe à ses pieds sans mouvement et sans connaissance. J'ignore combien de temps je restai dans cet état. Hélas! je ne devais revenir à la vie que pour abhorer une si funeste existence! Comment dépeindre l'horreur dont je fus saisie, lorsqu'en ouvrant les yeux, je me trouvai seule dans ces vastes souterrains, environnée d'épaisses ténèbres et couchée sur des nattes de paille!.... Je pousse un cri plaintif, et du fond de la caverne, l'écho, en le répétant, me fait tressaillir, et redouble encore l'épouvante et la terreur qui m'oppressent! O Dieu! m'écriai-je, voilà donc désormais la seule voix qui me répondra, le seul son que j'entendrai!.... Cette idée me fit répandre un déluge de larmes..... Dans ce moment j'entendis ouvrir la porte de ma prison; et le duc parut une lanterne à la main, il posa à côté de moi une cruche remplie d'eau et du pain. Voici, dit-il, qu'elle sera désormais votre nourriture, vous la trouverez chaque jour dans le tour que vous

voyez vis-à-vis de vous: je vous l'appor-
terai moi-même, je la mettrai dans ce
tour, et je ne rentrerai plus dans cet
affreux cachot. A ces mots, je regardai
autour de moi; je vis une caverne immense dont l'œil ne pouvait embrasser
toute l'étendue: la partie que j'occupais
était tapissée de grosses nattes de paille,
afin de préserver du froid et de l'humi-
dité, car le barbare qui me précipita dans
cette horrible demeure, avait pris aussi
toutes les précautions qui pouvaient m'y
conserver la vie..... Après avoir considé-
ré, en frémissant, tout ce qui m'entou-
rait, je me retournai vers mon cruel
geolier, et, faisant éclater une haine si
long-temps cachée et si fondée, dans ce
moment je lui reprochai l'excès de sa
barbarie, et lui peignis toute l'horreur
et le mépris qu'il m'inspirait. Il m'écouta
quelque temps avec une fureur concen-
trée; ensuite, ne pouvant plus se conte-
nir, il se livra à un terrible emportement,
et tout à coup il me quitta brusquement.
Depuis ce jour, il n'entra plus dans ma
prison. Lorsqu'il venait m'apporter ma
nourriture, il frappait au tour jusqu'à ce
que j'eusse répondu, et il s'en allait sans
proférer une seule parole. Je me repen-
tis bientôt d'avoir, par mes reproches,
augmenté encore, s'il était possible, sa

haine et son ressentiment. Je me ressou-
vins qu'il était le père de ma fille, que
cet enfant si chère était entre ses mains.
D'ailleurs, malgré l'horreur de ma situation, l'espérance n'était point encore absolument anéantie dans mon cœur Plus
j'y réfléchissais, moins il me semblait
vraisemblable qu'il eût en effet le projet
de me retenir à jamais dans cette affreuse captivité. Je me flattais même qu'il
n'avait annoncé ma prétendue mort ni
dans sa maison ni à ma famille; qu'il
avait trouvé quelqu'autre moyen de me
soustraire à leurs recherches, et qu'il
s'était réservé la possibilité de me faire
reparaître à sa volonté. Comment pouvais-je imaginer enfin qu'il eût pu s'im-
puter à lui-même la pénible nécessité de
m'apporter tous les deux jours les choses
nécessaires à la vie, et par conséquent
qu'il se fût réduit au triste esclavage de
ne pas s'absenter de son château plus
de trois jours, puisqu'il était mon seul
geolier, et qu'il n'avait mis personne dans
sa confidence. Hélas! je ne croyais pas
que la haine, pour se satisfaire, fût capable de s'imposer des chaînes que l'a-
mour le plus passionné porterait à regret.... D'après mes réflexions, je parvins
à me persuader qu'il mettrait un terme à
sa vengeance : et remplie de cette idée

toutes les fois qu'il frappait au tour, je
lui parlais, et, quoiqu'il ne me répondît
point, j'implorais sa compassion, et je
l'assurais de mon innocence. Comme j'é-
tais absolument privée de la lumière, je
ne puis dire combien de temps je con-
servai l'espérance; mais enfin je la perdis;
alors la raison m'abandonna entièrement;
j'accusai la Providence et murmurai contre ses décrets éternels. Mon âme abattue,
flétrie par la douleur, perdit sa force et
ses principes, et je tombai dans le plus
sombre et le plus funeste désespoir. J'o-
sai croire que l'excès de mon malheur
me donnait le droit de disposer de ma
vie, comme si l'on pouvait rompre un
lien sacré, parce qu'il cesse d'être agréable!... Décidée à mourir, je fus près de
deux jours sans prendre de nourriture,
ni de l'aller chercher au tour. En vain
le duc frappait et m'appelait; je m'obsti-
nai à ne pas lui répondre. Enfin il entra
dans ma prison. Quand il parut, sa lanterne à la main, malgré l'horreur que
m'inspirait sa présence, je sentis un mouvement de joie en revoyant la lumière;
mais je ne lui parlai point. Il m'offrit
d'adoucir ma captivité, de me donner de
la lumière, des livres, une meilleure
nourriture, si je voulais enfin lui dire ce
nom si souvent demandé. A cette pro-

position, le regardant fixement, avec le
plus profond mépris, je lui dis: Maintenant que vous avez rompu tous les liens
qui nous unissaient, mon cœur est libre;
il se livre sans remords aux sentimens
qu'il a vainement combattus. Cet objet,
dont vous ne me demandez le nom que
pour l'immoler à votre fureur, je l'aime
plus que jamais; mon dernier soupir sera pour lui. Jugez à présent si je vous le
dénoncerai. — Ainsi donc, reprit le duc,
tout sentiment est éteint dans votre âme?
Vous nourrissez au fond du cœur une
flamme adultère, et vous renoncez à la
vie!... — Barbare! interrompis-je! suis-je
encore votre femme? Osez-vous le dire,
vous qui m'avez précipitée dans cet abîme,
vous qui portez mon deuil!... Il est vrai,
je n'ai plus le courage de supporter la
vie; mais ce Dieu qui nous entend et
qui nous juge, ne punira que vous du
désespoir où vous me réduisez.... Dans
l'état où je suis, si je commets un crime, vous seul en serez responsable....
Nul être vivant ne peut entendre mes
plaintes et mes cris!... Mais quel antre
profond, quelles épaisses voûtes peuvent
dérober à l'Eternel les gémissemens du
faible injustement opprimé?... Tremblez,
il nous voit, il m'excuse, il est prêt à
me pardonner!.... et son bras vengeur

est levé sur vous... A ces mots, le duc frémit, et me regarda d'un air égaré: je jouis un moment du plaisir d'avoir rempli d'épouvante et de remords son âme aussi faible que féroce. Pâle, interdit, troublé, les yeux baissés, il garda quelques instans un farouche silence. Enfin, prenant la parole : n'imputez, dit-il, qu'à vous-même les maux dont vous jouissez. Vous étiez criminelle, j'en ai les preuves certaines, vous n'avez pu les désavouer, et cependant vous n'êtes punie qu'après vous avoir cent fois offert votre grâce. Je vous propose encore d'adoucir votre châtiment, et vous me refusez! Oui, si vous l'eussiez voulu, malgré votre infidélité et votre haine pour moi, vous seriez encore dans mon palais, vous y verriez votre fille! — O ma fille! interrompis-je, hélas! vit-elle encore? Qu'est-elle devenue?... — Elle est avec votre mère. — Elle n'est plus dans vos mains! est-il bien vrai? Alors le duc, voyant que cette idée me ranimait, tira de sa poche une lettre de ma mère, et me permit de la lire. Cette lettre, que j'arrosai de mes larmes, était conçue en ces termes:

« Ma petite fille est arrivée hier au
» soir.... Oh! comment vous dépeindre
» tous les sentimens qui ont déchiré mon
» cœur en l'embrassant!.... Vous me la

» donnez, elle est à moi; je sens que dé

» jà je l'aime à l'excès: elle pourra m'at-

» tacher à la vie, mais non me consoler

» Hélas! maintenant puis-je, sans éprou-

» ver d'affreuses inquiétudes, jouir du

» bonheur d'être mère encore? Après la

» perte que j'ai faite, est-il sur la terre

» un bien sur lequel j'ose compter?....

» J'irai vous voir et vous mener votre

» fille l'été prochain: nous passerons deux

» mois avec vous: puisque vous ne pou-

» vez vous arracher du triste séjour que

» votre douleur vous rend si cher, j'au-

» rai le courage d'aller vous y chercher...

» Je verrai ce superbe monument que

» votre amour élève à la mémoire d'un

» objet si digne de nos regrets!.... Peut

» être trouverai-je auprès de vous le ter-

» me de mes peines!... Eh quoi! serait-il
» possible qu'une mère, sans mourir, pût
» embrasser le tombeau de sa fille?... Ce-
» pendant je veux vivre, la religion me
» l'ordonne, la nature même m'en impo-
» se la loi. Je vivrai pour l'enfant que
» vous daignez me confier. Ah! comment
» reconnaîtrai-je jamais un tel bienfait,
» un tel sacrifice? A quel point vous de-
» vez la chérir cette enfant: hélas! elle
» a tous les traits de sa mère: c'est me
» rendre ma fille dans son enfance!.... O
» trop flatteuse illusion! Malheureuse mè-
» re! tu n'as plus de fille, et l'excès de
» ta douleur ne peut te délivrer de la
» vie!...»

A peine eus-je achevé cette lettre, que
me jetant à genoux : Dieu! m'écriai-je,
ma fille est dans les bras de ma mère!
cette tendre mère consent à vivre pour
ma fille! O Dieu! je te bénis, tu n'as
frappé que moi!... Eh bien! je me sou-
mets à mon sort; pardonne-moi des murmures insensés, rends heureux tout ce
que j'aime, et prolonge à ton gré ma
pénible existence.... En achevant ces mots,
je retombai sur ma paille, car j'étais si
faible, que je ne pouvais me soutenir.
Le duc saisit cet instant pour m'offrir
quelques alimens, que je pris au moment
même; il me quitta, et depuis cette épo-

que je ne l'ai jamais revu. Cependant,
fidèle au vœu que j'avais formé, je pris
soin de ma vie. L'idée que mes prières
attireraient sur ma mère et ma fille les
bénédictions du ciel, cette idée consolan-
te eut le pouvoir de ranimer mon courage. Le souvenir de mes fautes devint
ma peine la plus réelle. Hélas! disais-je,
tous mes malheurs sont mon ouvrage.
J'ai manqué de confiance en ma mère;
en cessant de la consulter, je me suis
égarée. Fille ingrate et coupable! le ciel,
pour me punir, aveugla mes parens dans
leur choix; l'époux qu'ils me donnèrent
ne pouvait faire mon bonheur. Cependant,
sans mes fautes, les sentimens de la nature m'auraient rendue heureuse; mais
loin de chercher à triompher d'une passion criminelle, je la nourrissais en secret, et j'osais même, dans les lettres
imprudentes qui m'ont perdue, en parler,
en peindre la violence, et me plaindre
en même temps de l'époux que j'outra-
geois!... Ces réflexions me faisaient répandre des torrens de larmes. Cependant
je trouvais une sorte de douceur à pleu-
rer sur mes fautes: j'aimais à les sentir
aussi vivement: en gémir, c'est les expier Le remords d'un crime doit flétrir
l'âme, mais le repentir d'une faiblesse
involontaire n'a rien de déchirant ni d'à-

mer. Ce sentiment vertueux nous console et nous raccommode avec nous mêmes. Dénuée et séparée de tout l'univers, mon cœur fait pour aimer, se livra bientôt tout entier à la passion sublime qui pouvait seule me rendre la vie supportable La religion me fit goûter toutes les con-

solations qu'elle peut offrir. Insensiblement elle bannit de mon âme cet amour infortuné, le plus grand de mes maux ; elle me donna tout ce que la sagesse humaine et la seule philosophie peuvent procurer, le courage de supporter, sans désespoir et sans murmures, neuf ans de captivité dans un cachot impénétrable au jour!... J'avouerai cependant que j'éprouvai, dans les trois premières années, des peines dont le seul souvenir me fait frémir encore. Le temps que je supposai (d'après

le calcul que j'en avais pu faire) que ma
mère et ma fille devaient être arrivées
dans ce même château où j'étais prisonnière, ce temps s'écoula pour moi dou-
loureusement, et forma l'époque cruelle
de ma captivité. Mon cœur se déchirait
en pensant que ma mère et ma fille
étaient si près de moi, sans qu'il fût
possible de conserver l'espoir de les revoir jamais!... O ma mère! m'écriai-je,
vous gémissez de ma mort, et j'existe!...
Et quelle main, grand Dieu, choisissez-
vous pour essuyer vos larmes! c'est dans
le sein de mon persécuteur, de mon bour-
reau que vous les répandez!... Ah! ce
n'est point où l'on vous conduit qu'est
ma tombe! Hélas! vous la foulerez aux
pieds sans la connaître; vous verrez d'un
œil sec ces rochers qui la cachent. Peut-
être, dans le silence de la nuit, ne pouvant goûter les charmes du sommeil,
viendrez-vous errer autour de ma caverne; peut-être en cet instant même, êtes-
vous assise auprès de cette trappe affreuse qui ne s'ouvrira plus pour moi!...
Ah! s'il est vrai, sans doute, que vous
pensez à votre malheureuse fille, vous
la pleurez et vous ne pouvez entendre
ses cris et sa voix qui vous appellent....
Ces idées déchirantes m'arrachaient l'âme,
et souvent troublaient ma raison. A ces

accès de douleur succédait une espèce
d'anéantissement, plus affreux peut-être
que le désespoir même; mais à mesure
que la piété se fortifia dans mon cœur,
ces violens transports s'affaiblirent · je
trouvais dans la prière des consolations

inexprimables. Les méditations qui com-
munément attristent les hommes, étaient
pour moi les plus agréables sujets de rêverie. Avec quel plaisir je réfléchissais à
la briéveté de la vie! avec quelle sérénité
j'envisageais la mort!... L'être le plus
heureux, me disais-je, est-il jamais plei-
nement satisfait de ce bonheur faible et
fragile qu'on peut goûter sur la terre!
Il est moins occupé des biens qu'il pos-
sède, que de ceux qu'il attend. Au sein
de sa félicité trompeuse, son imagination
se plaît à s'égarer dans l'avenir. Qu'im-
porte que sa destinée soit fortunée ou
malheureuse, que ses espérances soient

satisfaites ou trompées? Ne formera-t-on
pas toujours de nouveaux désirs? Sait-il
jouir du présent? sait-il s'en contenter?
Pourquoi donc regretterais-je avec tant
d'amertume tous les biens dont je suis
privée, puisqu'ils ne peuvent procurer le
bonheur? Je dois, il est vrai, passer ma
vie dans ces affreuses ténèbres. L'avenir
n'offre à mon imagination glacée qu'une
longue et triste nuit.... Eh bien! ne son-
geons qu'au réveil. Oublions cette vie
périssable; ne voyons que l'éternité. Mé-
prisons cette douleur à laquelle doit suc-
céder une immortelle félicité. Portons tous
nos désirs, toutes nos espérances vers le
seul objet digne de fixer et de remplir
le cœur humain. C'est ainsi que, par de
salutaires réflexions, je m'élevai au-dessus
de mon sort, et que je parvins enfin à
m'y résigner entièrement. Rendue à la
raison, à moi-même, non-seulement mes
peines s'adoucirent, mais je m'accoutumai
aux ténèbres, à ma captivité; je me for-
mai des occupations. Ma prison était spa-
cieuse. Je me promenais une partie du
jour et de la nuit; je faisais des vers que
je récitais tout haut; j'avais une belle
voix; je chantais la musique. Je compo-
sais des espèces d'hymnes, et un de mes
plus grands plaisirs était de les chanter et
d'écouter l'écho qui me répondait. Mon

sommeil devint paisible : des songes agréables me représentaient mon père, ma mère, ma fille : je voyais ces objets si chers toujours heureux. Je me trouvais quelquefois transportée dans de brillans palais ou dans de charmans jardins. Je re-

voyais les cieux, des arbres, enfin ces douces illusions me rendaient tous les biens que j'avais perdus. Je me réveillais en soupirant, il est vrai : je m'endormais aussi avec plaisir. Même éveillée, la joie cessa d'être étrangère à mon cœur; mon imagination s'exalta. Sous les yeux de l'Etre Suprême, j'osais me flatter que ma patience et ma résignation n'offraient point à ses regards un spectacle indigne de lui. Témoin de mes actions, il m'entendait, il parlait à mon cœur; il le ranimait, l'élevait jusqu'à lui, et je ne me trouvais plus seule dans ma caverne. Après la privation des objets que j'aimais, la seule chose que je regrettasse encore

malgré moi, c'était la lumière et la vue
du ciel. Je ne comprenais plus comment
on pouvait se livrer au désespoir dans
le plus triste esclavage, si l'on jouissait
d'une fenêtre donnant sur la campagne.
Enfin je m'accoutumai tellement à ma
situation, que loin de désirer la mort,
je connus plus d'une fois que je la craignais encore..... Souvent je manquais de
nourriture; le duc m'en apportait quelquefois pour trois ou quatre jours. Je
pensais alors qu'il allait faire un petit
voyage, et, quand ma provision approchait
de sa fin, j'éprouvais de l'inquiétude. La
mort de mon tyran entraînait la mienne,
et cette idée me forçait à former des
vœux pour sa santé. Je n'avais plus alors
d'aversion pour lui: la religion m'avait
fait aisément renoncer à la haine. Ce faible effort pouvait-il me coûter? N'avais-je
pas déjà triomphé de l'amour?... Je plai-
gnais mon persécuteur, et me représen-
tais l'état horrible de son âme, ses fureurs, ses craintes, ses remords, et je ne
me trouvais que trop vengée. Je ne l'entendais jamais arriver, dans les premiers
temps de ma captivité, sans être au moment de m'évanouir de terreur. Peu à
peu ces mouvemens violens s'affaiblirent;
il m'inspirait toujours une sorte d'émotion mêlée d'effroi: je désirais cependant

qu'il vint, non-seulement pour l'intérêt
de ma vie, mais aussi parce qu'il inter-
rompait le silence effrayant et profond
de ma solitude. Il me faisait entendre du
mouvement, du bruit, enfin il me pro-
curait une espèce de distraction qui ne
me fut jamais agréable, mais qui me devint nécessaire. Je ne puis exprimer combien était vif en moi ce désir d'entendre
quelque bruit. J'entendais le tonnerre
quand il était excessif : il m'est impossible
de rendre ce que j'éprouvais alors : il me
semblait que j'étais moins seule : j'écoutais ce bruit majestueux avec autant de
ravissement que d'attention ; et, lorsqu'il
cessait entièrement, je tombais dans l'a-
battement et dans la tristesse la plus profonde. Telle fut à peu près ma situation
pendant six à sept ans : je ne fus affectée
durant cet espace, que du chagrin d'igno-
rer absolument tout ce qui était relatif à
la destinée de ma mère et de ma famille.
En vain, à travers mon tour, je question-
nais le duc à cet égard. Je n'en pus ob-
tenir un seul mot de réponse, car depuis
sa dernière apparition dans mon souterrain, il ne me parlait jamais ; j'avais besoin de tout mon courage pour supporter
cette cruelle incertitude sur un point aussi
intéressant. Souvent, quand j'invoquais le
ciel pour ma fille, ma mère, tout à coup

mes larmes coulaient. Hélas! m'écriais-je,
existent-elles encore? Je fais des vœux
pous leur bonheur, et peut-être ai-je le
malheur affreux de leur survivre!.....
Dans d'autres momens, l'espérance de
mon cœur était si forte à cet égard, que
je n'éprouvais même pas la plus légère
inquiétude; et, dans cette heureuse dis-
position d'esprit, je me flattais encore
qu'il n'était pas impossible qu'un événement extraordinaire pût m'arracher de ma
prison. Cette idée s'imprima tellement dans
ma tête, sur tout la dernière année de
ma captivité, que je promis à Dieu, si
jamais je recouvrais ma liberté, de lui
consacrer ma vie dans une solitude éloi-

gnée de Rome, et de m'y fixer jusqu'à
la fin de mes jours, aussitôt que ma fille
n'aurait plus besoin de mes soins. Cependant je touchais à l'époque la plus intéressante de ma vie: j'approchais du moment de ma délivrance, et bientôt la

bonté divine allait me dédommager am-
plement de neuf ans de souffrance et de
douleur. Je jugeais depuis quelque temps
que le duc habitait constamment son château, parce qu'il m'apportait régulière-
ment ma nourriture, mais un jour, l'at-
tendant avec impatience, il ne vint point,
et ma faible provision était achevée. J'at-
tendis en vain le lendemain les secours
que chaque instant me rendait plus nécessaires : il fallut m'en passer. L'inquiétude, autant que la soif et la faim, me
priva du sommeil : je restai dans cette
situation encore près d'un jour. Alors,
absolument épuisée, je crus toucher au
terme de ma vie. J'envisageai la mort
avec tranquillité. Cependant le souvenir
de tout ce qui m'était cher vint me troubler et m'attendrir ... Fille et mère infortunée! m'écriai-je, dans quel funeste aban-
don s'écoulent mes derniers momens!.....
Chers auteurs de mes jours! Il faut donc
mourir sans recevoir vos bénédictions!
O ma fille! je ne puis te donner la mienne : je ne jouirai pas de la douceur d'expirer dans tes bras!..... Ma fille, tu ne
peux même me regretter!.... Dans cet
instant où ta malheureuse mère est prête
à rendre son dernier soupir, tu te livres
sans doute aux amusemens, aux plaisirs
faits pour ton âge..... Affreuse pensée!....

Je meurs et tout ce que j'aime est depuis long-temps consolé de ma mort.... Que dis-je, insensée! Je me plains et murmure lorsque tous mes maux vont finir!... Grand Dieu! pardonnez-moi cette criminelle faiblesse. Mon cœur la désavoue. O mon juge et mon père, daigne enfin m'appeler à toi. Pleine d'espoir et de confiance, sûre de jouir d'un bonheur éternel, j'attends la mort avec sécurité: je l'invoquerais même si tu ne me défendais de la désirer! En achevant ces mots., je retombai presque expirante sur la paille qui me servait de lit. Je sentais au fond de mon âme un calme dont jamais, jusqu'à cet instant, je n'avais goûté les charmes. Il me semblait qu'un baume salutaire guérissait subitement les blessures de mon cœur. L'excès de ma faiblesse confondant bientôt mes idées, je tombai doucement dans une rêverie vague et délicieuse, un espèce de sommeil, durant lequel les images les plus ravissantes s'offrirent successivement à mon imagination. Je croyais voir autour de mon lit des anges brillans de lumière, des figures célestes: j'entendais de loin des voix harmonieuses, des concerts divins: je voyais le ciel entr'ouvert, et l'Eternel, sur un trône éclatant, m'appelant et me tendant les bras. Il veillait en effet sur moi; sa

main paternelle allait briser ma chaîne.....
Je me réveille tout à coup en trésaillant:
Je crois avoir entendu frapper au tour:
j'écoute.... on frappe encore : mon cœur
palpite.... Mais, ô surprise ! ô transport
inoui ! transport impossible à dépeindre !...
J'entends une voix, et cette voix n'est
plus celle de mon tyran: c'est une voix
nouvelle !... Elle me parut celle d'un an-
ge descendu du ciel pour me délivrer....
Hors de moi, je joignis les mains avec
le mouvement de la plus vive reconnaissance. O Dieu! m'écriai-je, c'est un libérateur que tu m'envoies !.... Ah! j'accep-
tais avec joie la mort, et tu me rends la
vie; elle est un de tes bienfaits, il m'est
permis de la chérir.... En disant ces paroles, je veux me lever, m'approcher du
tour, je ne le puis: la force m'abandonne,
et je retombe sur mon lit.... Dans ce moment ma porte s'ouvre et j'aperçois de la
lumière. On entre : je me soulève, je regarde, je ne distingue rien: mes yeux,
depuis si long-temps privés du jour, ne
peuvent soutenir la faible clarté d'une
lampe, et se ferment malgré moi.... Cependant on approche.... Oh! qui êtes-vous!
m'écriai-je d'une voix entrecoupée. A ces
mots je r'ouvre avec peine mes yeux
éblouis encore, je vois un homme à genoux devant moi; il passe son bras sous

ma tête : il la soutient et me présente
des alimens. Alors consumée d'une faim
dévorante, n'ayant plus qu'une idée, celle
de satisfaire ce besoin impérieux, toutes
mes pensées sont pour ainsi dire suspen-
dues.... Je me jette avec avidité sur la
nourriture qui m'est offerte. Enfin, sentant ma force ranaître, je me tournai
tout à coup vers mon libérateur ; son visage était dans l'ombre : je ne pus distinguer ses traits : — Oh! pourquoi, lui dis-
je, êtes-vous le complice de mon persécuteur, ou venez-vous me délivrer ? — O
ciel interrompit l'inconnu, quelle voix !....
Où suis-je, ô Dieu !.... En achevant ces
paroles, il se lève brusquement, et prenant la lumière, il revient à moi ; il me
regarde avec une attention mêlée d'attendrissement et d'horreur ; je fixe un instant mes yeux sur son visage éclairé par
la lampe : ses cheveux paraissaient héris-
sés sur sa tête ; il était pâle et tremblant !.... mais je ne pus le méconnaître....
Je veux parler ; mes larmes me coupent
la parole : je ne puis prononcer que le
nom du comte DE BELMIRE.... C'était lui-
même en effet.... Il tombe à mes pieds...
il les arrose de ses larmes ; il me regarde
encore.... Il bégaye des mots entrecoupés.... Il accuse et bénit le ciel.... L'excès de sa compassion donne à sa joie

l'apparence de la fureur et du désespoir.
Nous parlons tous les deux à la fois sans
nous entendre.... La caverne retentit de
mes cris.... Enfin, le comte se relevant
impétueusement. — O le plus barbare des
hommes! s'écria-t-il, monstre exécrable!
est-il un supplice assez affreux pour te
punir de ton forfait? Et vous, victime infortunée des fureurs d'un tigre impitoyable, venez, vous êtes libre. A ces mots,
mon premier mouvement fut de m'élancer
vers la porte: mais m'arrêtant aussitôt....
Ah! dis-je au comte, vous êtes mon libérateur, je vous dois la vie, la liberté!...
Mais ces biens que vous me rendez.... peu-
vent-ils encore faire mon bonheur? Hélas!
je n'ose vous interroger.... Ma mère... mon
père.... — Ils vivent.... — Ciel.... et ma
fille? — Elle est à Rome; elle sera bien-

Camille.

tôt dans vos bras. — O Dieu! m'écriai-je
en me prosternant, quelle reconnaissance
pourra jamais m'acquitter envers toi! Ce
moment seul m'a déjà payé de mes souffrances.... O vous, mon généreux pro-
tecteur, poursuivis-je, en m'adressant au
comte, maintenant, pour votre récompense, apprenez que je suis innocente;
mais avant de vous instruire des tristes
détails de mon histoire, souffrez que je
vous fasse une question.... Sans doute le
duc est malade? — Attaqué d'une maladie mortelle, il est sur le bord de la
tombe, et ne peut vivre plus de deux
jours.... Venez, sortez de cet horrible
cachot.... Que le barbare, avant d'expirer, apprenne que la liberté vous est rendue.... — Non, interrompis-je, c'est mon
père, ma mère, qui doivent m'arracher
de ma prison; ce n'est que guidée par
eux, que j'en puis sortir. Alors j'enga-
geai le comte d'envoyer un courrier à
mon père au moment même; il me le
promit, et me donnant un crayon et du
papier, j'écrivis sur-le-champ un billet
qui contenait ces mots:

« O mon père! ma mère! j'existe: je suis
»innocente!...Venez, par votre présence, me
»rendre véritablement à la vie.... Venez me
» tirer d'un affreux souterrain, et me faire ou-
»blier tous les maux que j'ai soufferts.»

Ce billet était à peine lisible. Je fus près d'un quart-d'heure à l'écrire, car je ne savais plus former une lettre, et j'avais totalement oublié l'orthographe. Le comte, voyant ma résolution de rester dans ma prison jusqu'à l'arrivée de ma mère, me remit les clefs de toutes les portes, et me quitta avec un regret inexprimable, après m'avoir donné sa parole de dissimuler avec le duc, s'il vivait encore, et de revenir le lendemain aussitôt que la nuit serait tombée. Quand je me trouvai seule, je me sentis saisie d'une terreur presque aussi forte que celle que j'éprouvai dans les commencemens de ma captivité. J'avais cependant de la lumière, le comte m'avait laissé une lampe et une

lanterne sourde. Je lui avais demandé encore une montre, pour pouvoir compter toutes les heures, car je n'espérais pas qu'il me fût impossible de m'endormir un instant. Immobile à la place où le comte

de Belmire m'avait laissée, je respirais à
peine : je n'osais lever les yeux, et cependant je ne pouvais m'empêcher de jeter,
à la dérobée, quelques regards autour de
moi. La lumière, loin de me rassurer,
ajoutait à ma frayeur, parce qu'elle me
laissait distinguer ma triste habitation.
Enfin, ne pouvant supporter cet état, je
me levai, je pris ma lumière; j'ouvris
ma première porte, je sortis, et j'entrai
dans un long corridor, à l'endroit du
souterrain où le tour était placé. Je sentis d'abord un grand soulagement, en me
voyant dans un lieu nouveau, et qui me
rapprochait de la dernière porte de ma
prison. Je précipitai mes pas jusqu'au
bout du corridor : j'ouvris encore sa porte d'entrée. Je me trouvai alors au bas
de l'escalier du souterrain, et n'étant
plus enfermée que par la double porte
qui donnait dans le jardin, je fermai celle
du corridor, comme pour mé séparer de
mon affreuse caverne. Ensuite, montant
rapidement l'escalier, je m'assis sur la
dernière marche, et je commençai enfin
à respirer. Il me semble qu'après un événement aussi heureux qu'inattendu, j'aurais dû ressentir la joie la plus vive et la
plus pure. Mais j'avais souffert long-temps,
j'avais été trop malheureuse pour que mon
cœur osât se livrer aux charmes séduisans

des plus douces espérances. Je pensais,
il est vrai, avec transport, que tout ce
que j'aimais existait. Cependant, quand je
réfléchissais au bonheur inexprimable que
je goûterais en me retrouvant dans les
bras de ma mère, en embrassant et mon
père et ma fille, je ne pouvais me flatter
qu'une félicité semblable dût jamais être
mon partage. Mille idées venaient troubler et noircir mon imagination, et, dans
cet état d'abattement et de mélancolie,
je prenais pour des pressentimens les
craintes les plus chimériques. Cette époque intéressante de ma vie, le jour où
le comte de Belmire entra dans ma prison, fut le 3 de juin 17.... Il me quitta
à minuit, et jusqu'à six heures du matin je fus dans la situation que je viens
de décrire, quand tout à coup je crus
entendre un léger bruit; j'appuyai l'o-
reille la plus attentive sur la porte de ma
prison; et, malgré son épaisseur et celle
du rocher qui la couvrait, j'entendis distinctement le ramage des oiseaux éveillés
par le jour naissant. La joie que j'éprouvai dans cet instant ne peut ni se peindre ni se concevoir. Toute ma mélancolie
s'évanouit, mon cœur se r'ouvrit à l'espérance, au bonheur. Les plus douces larmes coulaient de mes yeux, quoique
j'eusse cependant une extrême confusion

d'idées, et que je ne fusse pas en état de
réfléchir au changement inespéré de ma
situation; car j'étais uniquement occupée
du désir d'entendre ce qui se passait dans
le jardin. L'oreille collée sur ma porte,
retenant ma respiration, j'écoutais avec
une attention dont nulle autre pensée ne
pouvait me distraire. J'entendis des chiens
aboyer, des hommes marcher et même
parler confusément; ces différens bruits
me causaient un plaisir inexprimable. Cependant, vers la fin du jour, je désirais
la nuit, afin de revoir le comte de Belmire, et de le questionner sur mille choses dont je brûlais d'être instruite, et qui
se présentaient successivement à ma mémoire, à mesure que mes idées se dé-
brouillaient. Par exemple, je souhaitais
apprendre combien de temps j'avais passé
dans ma prison. Avant d'avoir vu le comte, je croyais avoir près de cinquante
ans. L'air de jeunesse du comte de Belmire, me prouvait que la douleur et l'en-
nui savent mal mesurer le temps; mais
je ne pouvais savoir encore, à quatre ou
cinq ans près, quel était mon âge. Le
comte vint à minuit. Je connus aisément,
par l'excès de sa pâleur, par son trouble
et son attendrissement, combien il était
profondément affecté du changement de
mon sort. Respectant ma situation, qui

me forçait à le recevoir seul au milieu
de la nuit, respectant le nœud fatal prêt
à se rompre, mais qui me liait encore,
il ne me parla ni des sentimens dont j'o-
sai faire l'aveu dans des temps plus heureux, ni de ceux qu'il me conservait.
Après qu'il m'eut appris qu'il avait écrit
à mon père, et que le duc était toujours
à l'extrémité; je le priai de me dire les
raisons qui déterminaient le duc à lui
confier un secret si important pour lui:
le comte prenant la parole, satisfit ainsi
ma curiosité :

« Je voyageais depuis un an, lorsque

» je reçus la nouvelle de votre mort.
» J'appris en même temps que le duc
» était inconsolable de votre perte. Cette
» circonstance avait affaibli l'antipathie na-
» turelle que j'avais pour lui.... Je voya-
» geai deux ans encore, et, rappelé par
» des affaires, je revins enfin en Italie.

» Obligé de voir le duc, il fallut venir
» dans ce château ; car il ne s'en absen-
» tait que pour aller à Naples passer quel-
» ques jours. Je vis ici votre tombeau ;
» j'y vis votre portrait dans les apparte-
» mens ; je m'attachai à cette habitation ;
» je m'attachai même au monstre inhu-
» main dont vous étiez la victime. Il mon-
» trait une tristesse et une douleur si
» profonde, que bientôt préférant sa so-
» ciété à tout autre, je vins tous les ans
» y passer cinq à six mois. Depuis un an,
» le duc attaqué d'une maladie mortelle,
» s'aveuglait sur son état, et faisait en-
» core quelques voyages à Naples. L'hiver
» dernier, il cessa d'aller à la cour, m'é-
» crivit à Rome pour m'engager à venir
» le voir. J'arrivai sur la fin de janvier,
» et je le trouvai mourant, quoiqu'il ne
» gardât pas son lit. Je crus même m'a-
» percevoir que, dans certains momens,
» il n'avait pas la tête à lui. Dévoré de
» remords, la vie, depuis neuf ans, n'é-
» tait pour lui qu'un fardeau insupporta-
» ble, et n'en envisageait le terme qu'a-
» vec horreur. Enfin, s'affaiblissant cha-
» que jour, il tomba tout à coup dans
» des convulsions qui l'obligèrent de se
» mettre au lit. Il y resta trois jours,
» au bout desquels on vint me dire qu'il
» demandait à me parler, et ajoutant que

» le duc, cette nuit et la précédente,
» avait renvoyé ses gens pour essayer de
» se lever seul; mais que ne pouvant se
» soutenir, il les avait sonnés, et qu'on
» l'avait trouvé hors de son lit à moitié
» habillé. Je fus dans l'instant dans sa
» chambre : il renvoya tout le monde, et
» m'annonça qu'il allait me confier un
» important secret : il me fit jurer de le
» garder avec fidélité. Ensuite, me regar-
» dant d'un air égaré.... Des raisons de
» famille, me dit-il, m'obligent à garder
» prisonnière dans ce château une femme
» criminelle, et qui méritait la mort ; elle
» doit manquer de nourriture : allez lui
» en porter. Frappez au tour qui sert à
» cet usage ; si elle ne vous répond pas,
» entrez dans sa prison et secourez-la ;
» mais je vous préviens que cette femme
» est en démence, ne l'écoutez point.
» Donnez-lui de la nourriture ; revenez
» aussitôt. Je vous promets de vous dire
» son histoire et son nom. Alors il m'ap-
» prit le secret de ces souterrains ; et
» tirant un paquet de clefs, il me le don-
» na, en me recommandant d'exécuter
» sa commission sans délai. Le barbare,
» croyant ne pouvoir mieux placer sa
» confiance, me remit dans mes mains
» votre destinée et la mienne. »

Lorsque le comte de Belmire eut fini

ce récit, il me conjura de lui apprendre
mon histoire. Mais, ne pouvant la conter
sans parler des sentimens que j'avais eus
pour lui, je lui déclarai que je ne l'en
instruirais qu'en présence de mon père
et de ma mère. D'après le calcul du comte de Belmire, mon père devait arriver
sous deux jours. Moins agitée et plus en
état de réfléchir, je goûtai pendant vingt-
quatre heures tout le bonheur qu'une
attente si chère devait me procurer. Mon
impatience augmentant à mesure que
l'instant de ma délivrance approchait,
bientôt elle n'eut plus de bornes, et devint un tourment insupportable. Je n'ai
jamais rien senti que je puisse comparer
aux mouvemens violens que j'éprouvai
dans la nuit qui précéda le plus beau
jour de ma vie. Les yeux fixés sur ma
montre, je considérais tristement le mouvement si lent des aiguilles. A chaque
instant je croyais entendre du bruit, je
tressaillais, mon sang bouillait dans mes
veines, et mes artères battaient avec violence. Ces vives agitations s'accrurent encore quand le chant des oiseaux m'annonça la naissance du jour, ce jour fortuné ou j'allais renaître, en reprenant le
titre et les droits chers et sacrés de fille
et de mère!... Ce moment, si passionnément désiré, fait pour me dédommager

de mes souffrances.... il approche!.... j'y
touche enfin!.... Des cris redoublés, des
voix tumultueuses se font entendre....
Bientôt je distingue un bruit confus de
voitures, de chevaux, de gens armés....
Ce bruit redouble et se rapproche.... Je
tremble et je frissonne. Dieu! quelle voix
frappe mon oreille et retentit jusqu'au
fond de mon âme.... O ma mère!... Elle
appelle sa fille! mon cœur s'élance vers
elle... Dieu, qui me donna la force de
supporter mes malheurs, ah, ne permets
pas que je succombe à cet excès de joie...
Je sens que je meurs : faudra-t-il expirer
à ses pieds? Comme j'achevais ces mots,
ma porte s'ouvrit : je me précipite hors
de ma caverne. Malgré l'éclat brillant du
jour qui frappe et blesse mes yeux éblouis,
je reconnais ma mère, mon père ; je
pousse un cri perçant; je me jette dans
leurs bras, et j'y tombe évanouie... Oh!
qui pourrait décrire le ravissement, les
transports que j'éprouvai en reprenant ma
connaissance! Je me trouvais sur le sein
d'une mère chérie, je sentais mon visage
inondé de ses pleurs. Mon père, à genoux devant moi, pressait mes mains dans
les siennes. Je voyais le jour, le soleil...
J'étais sûre de revoir ma fille.... Cet instant réalisait mes espérances les plus
chères, et satisfaisait tous les désirs de

mon cœur. Je ne rendrai point compte
de mes idées dans ces premiers momens;
je sentais trop pour ne pas exprimer l'excès de ma joie autrement que par mes
sanglots. Enfin, mon père me soulevant
dans ses bras: Venez, ma chère fille, me
dit-il, quittez cet affreux séjour, où le
crime a si long-temps opprimé l'innocence; venez.... A ces mots, je me levai, je
regardai autour de moi, et je vis que nous
étions entourés de gens armés, parmi lesquels je reconnus beaucoup de parens et
des amis de mon père, qui les avait ras-
semblés avant de quitter Rome, et les
avait conduit à Naples, et que là, mon
père s'étant jeté aux pieds du roi, et lui
montrant mon billet, en avait obtenu non-
seulement la permission de m'enlever à
main armée, mais encore des troupes
pour le seconder en cas de besoin. En
arrivant ici, continua mon père, j'ai appris que votre infâme persécuteur venait
d'expirer. Ainsi, ce jour heureux vous
rend à votre chère famille, et vous assu-
re votre liberté. A ce discours, pour toute
réponse, j'embrassai mon père en pleurant. Au comble du bonheur, je ne pus
m'empêcher de plaindre au fond de mon
âme le sort du duc de C***. Hélas! me
disais-je, si je l'eusse aimé, il n'aurait
pas souillé sa vie par des fureurs si cri-

minelles, il vivrait et serait heureux! Cette
réflexion, excitant ma compassion, la rendit douloureuse, et porta dans mon cœur
une cruelle tristesse, et corrompit ma
joie. Enfin nous partîmes; et le lendemain, mère aussi infortunée qu'heureuse
fille, je retrouvai cette enfant chérie; je
la serrai dans mes bras, je vis couler ses
larmes, et je l'entendis m'appeler sa mère!... Je fus dans une espèce d'ivresse les
deux premiers jours de mon arrivée à Rome, étonnée de tout, et ne jouissant que
du bonheur de revoir ma fille et de me
trouver entre mon père et ma mère. Ensuite, mon cœur étant satisfait, je sentis
tout le prix des biens qui m'étaient ren-
dus. Je trouvai dans les choses les plus
communes de la vie, des jouissances agréables: tout était agréable pour moi. La
première fois que je me promenai au clair
de la lune, j'éprouvai un saisissement

inexprimable en revoyant cette clarté si
pure, et les cieux parsemés d'étoiles. Je

ne pouvais me promener dans la campagne, sans m'arrêter à chaque pas pour examiner avec détail les objets qui s'offraient à ma vue. Je ne me lassais point de contempler les fleurs, les fruits, les arbres, la verdure, le coucher du soleil et l'aurore, ce spectacle ravissant! O Dieu! m'écriai-je, que de merveilles ta bonté créa pour nous, que de trésors elle nous prodigue, et l'homme ingrat pourrait les dédaigner; et lorsqu'il jouit de tant de biens, il pourrait se croire malheureux! C'est ainsi que mon cœur se livrait avec transport à la félicité qui lui fut si long-temps ravie. Je goûtai un plaisir extrême de me retrouver dans le palais où j'étais née, et dans lequel s'écoulèrent les premières années de mon enfance; mais j'avoue que je ne revis pas sans peine la marquise de Vénuzi, cette amie, la seule cause de mes malheurs. Le comte de Belmire me suivit de près à Rome; je lui contai mon histoire en présence de mon père, de ma mère, de la marquise de Vénuzi et de quelques parens. A peine l'eus-je finie, que, se précipitant à mes genoux, il m'exprima avec passion, l'excès de son attendrissement et de sa reconnaissance. Éh quoi, s'écriat-il, vous pouviez en me nommant vous soustraire à cette horrible destinée! c'est

moi qui vous plongeai dans cet abîme,
et tandis que vous y gémissiez, je vivais,
je voyais le jour dont vous étiez privée
pour moi! M'est-il permis de me flatter
encore que l'amour pourra vous dédommager des maux affreux qu'il vous causa?
Ce cœur si noble pourrait-il n'être pas
fidèle?... Vos malheurs vous auraient-ils
fait abjurer des sentimens sans lesquels
je ne puis vivre?... A ce discours, mon
père embrassa le comte de Belmire, et
me fit connaître, par cette action, qu'il
approuvait ses sentimens. Mais pour moi,
ayant perdu jusqu'à l'idée d'une passion
qui jadis eut tant d'ascendant sur mon
cœur, je ne concevais pas qu'on pût s'y
livrer, et encore moins la possibilité que
j'en fusse l'objet. Après un moment de
silence, je m'adressai au comte, et je lui
peignis si naturellement la situation de
mon âme, qu'il perdit au moment même
toutes ses espérances. Il s'éloigna de Rome pendant quelque temps, mais le sentiment qui le faisait fuir l'y ramena; et,
consolé par l'amitié que je lui témoignais,
il s'y fixa entièrement.

Cependant loin de me blâser sur le bonheur que je goûtais, chaque jour semblait
m'en faire mieux sentir le prix. Toutes
les fois que je me réveillais, combien ma
première pensée avait de charmes!... J'é-

prouvais une joie si pure en regardant
autour de moi, en voyant le lit de ma
fille à côté du mien, en me retrouvant
dans la demeure paternelle! Je ne comprenais plus comment j'avais pu supporter la privation de la félicité dont je jouissais, et même celle des choses d'agré-
ment, que l'habitude me faisait paraître
nécessaire à la vie. Ces idées m'inspiraient
la plus tendre compassion pour les infortunés. J'avais couché neuf ans sur la
paille, j'avais souffert la faim, la soif, le
froid.... je devais du moins à mes malheurs le sentiment qui nous rapproche le
plus de la divinité!... Je n'écoutais point
avec distraction les gémissemens du pauvre implorant ma pitié. Son sort me rap-
pelait le mien, je voyais en lui mon semblable, et j'avais de la satisfaction à le
soulager? Ce n'était point assez pour moi
de l'accueillir, j'allais le chercher.. . Eh!
qui mérite d'être prévenu, si ce n'est le
malheureux qui n'ose demander le faible
secours qui lui sauverait la vie?... Ce désir de trouver des infortunés afin de changer leur sort, n'était point pour moi une
vertu, c'était le besoin le plus doux de
mes plaisirs. Mais plus je m'accoutumais
à l'aisance qui m'était rendue, plus le
souvenir de ma captivité me faisait d'impression. Je ne pouvais supporter les té-

nèbres, ou bien une solitude absolue,
ne fût-ce que pour un moment. Je me
souviens qu'une nuit ma lumière s'étei-
gnit. J'ouvris les yeux, et en me voyant
dans une obscurité profonde, j'éprouvai
un effroi que ma raison ne put vaincre
ni modérer. Je fis un cri perçant : on ac-
courut, et on me trouva pâle, défigurée,
presque sans connaissance, et agitée par
des convulsions. Ces vaines terreurs, ces
faiblesses involontaires, tristes fruits de
tous mes malheurs et de ma captivité, ne
furent pas pour moi les peines les plus
sensibles. Je me trouvai absolument hors
d'état de présider à l'éducation de ma
fille ; il me fallut de nouveau apprendre
à lire et à compter, mais, par une sin-
gularité assez remarquable, je n'avais presque rien oublié de tout ce que j'avais lu
dans ma jeunesse, car n'ayant eu durant
neuf ans aucune espèce de distraction,
j'en avais cherché dans le passé, en me
rappelant souvent ce que les livres et la
conversation avait pu m'apprendre. Ainsi
toutes ces choses étaient restées gravées
dans ma mémoire, mieux peut-être que
si je n'eusse jamais quitté le monde. J'é-
tais âgée de vingt-sept ans lorsque je sortis de ma prison, et alors ma fille en
avait dix. Uniquement occupée d'elle,
vivant dans la plus profonde retraite,

toujours enfermée dans mon appartement, n'y voyant que mon père, ma mère, et quelquefois le comte de Belmire, je vécus ainsi cinq ans. Ma fille atteignant enfin sa quinzième année, et se trouvant le plus grand parti de l'Italie, me fut demandée par tout ce qu'il y avait de plus distingué dans Rome. Depuis long-temps mon choix était fait au fond de mon cœur. Je consultai ma fille, elle m'avoua que ses sentimens étaient d'accord avec mes désirs : mon père et ma mère approuvaient mon dessein ; j'en pressai l'exécution. Le comte de Belmire, jeune encore, d'une figure charmante, aussi vertueux qu'agréable, possesseur d'une fortune considérable, avait constamment refusé les établissemens les plus avantageux et les plus brillans. C'est à cet amant fidèle, cet ami si cher, mon libérateur enfin, que j'offris ma fille. Je vous la donne, lui dis-je : elle est à vous. Elle vous aime ; elle a quinze ans ; c'est l'âge où je vous vis pour la première fois ; elle vous retrace tout ce que j'étais alors, et par sa figure et par ses sentimens. Le sort vous rend aujourd'hui ce qu'il vous ravit autrefois ; et moi, n'étant pas née pour faire votre bonheur, je ne puis m'en consoler qu'en vous voyant heureux par ma fille A ces mots, le comte de Belmire saisit une de mes mains et la baigna de larmes; et comme je le pressais de me répondre: ah! dit-il enfin, n'avez-vous pas le droit de disposer de ma destinée?.... Le soir même de cet entretien, les articles furent signé; et huit jours après, le comte de Belmire épousa ma fille. Je restai encore un an à Rome. Ensuite, voyant ma fille établie et parfaitement heureuse, je ne songeai qu'à me retirer dans une solitude, suivant le vœu que j'en avais fait dans ma prison. D'ailleurs, l'air de Rome étant très-nuisible à ma santé, les médecins m'avaient ordonné d'aller respirer celui de Nice pendant quelque temps. J'entrepris ce voyage par la Corniche. La situation d'Albenga me charma tellement, que je résolus de me fixer dans cet agréable séjour. J'y fis bâtir une maison simple et

commode; et en revenant de Nice, je m'y établis pour toujours. C'est ici que depuis quatre ans j'ai retrouvé une santé parfaite, et que ma vie s'écoule dans le plus délicieux repos. C'est ici que j'ai le courage d'écrire cette histoire, que je destine à mes petites-filles, lorsqu'elles seront en âge de la lire avec fruit. En abandonnant le monde, je n'ai pu renoncer aux objets qui me sont chers. Depuis que je suis à Albenga, j'ai déjà fait deux voyages à Rome, pour y voir mon père et ma mère; et tous les ans ma fille et mon gendre viennent passer trois mois dans ma retraite. Enfin, je suis aussi parfaitement heureuse qu'on peut l'être. Chaque jour je bénis le ciel et du bonheur que je goûte, et même des maux que j'ai soufferts, puisqu'ils ont expié mes fautes, épuré mon cœur, et me font connaître tout le prix de la félicité qui m'est rendue.

FIN.

SUZETTE ET CONRAD.

Suzette avait eu le malheur de perdre
sa mère dans sa plus tendre jeunesse ;
son père s'était remarié : sa nouvelle
épouse était acariâtre et ne pouvait souffrir sa belle-fille. Suzette avait quinze ans
quand Conrad entra comme ouvrier chez
son père : il était jeune et beau ; elle ne
s'aperçut qu'il l'aimait que quand sa belle-
mère lui en fit le reproche ; mais il était
déjà trop tard, elle ne pouvait plus se
passer de lui. Le voyant laborieux et at-
taché à ses devoirs, elle s'imaginait que
son père ne s'opposerait pas à son union,
sitôt que Conrad aurait obtenu une maîtrise. Telle était en effet l'intention de
son père ; mais sa belle - mère avait des-
tiné la main de Suzette et les quelques
sous que sa mère lui avait laissés en mourant, à un neveu, mauvais sujet et ivro-
gne. Suzette refusa le neveu ; la belle-
mère donna congé à Conrad. Le pauvre
garçon fut bien malheureux ; il errait
dans la ville, travaillait tantôt chez un
maître, tantôt chez un autre, ne demeu-

rant long-temps nulle part, car son amour
le faisait trop souffrir. Un soir Suzette,
trompant la vigilance de sa belle-mère,
descendit devant sa porte pour respirer
l'air : Conrad vint à elle ; il pleurait.
Suzette le consola, en lui disant d'avoir
confiance en son amour et en Dieu : elle
ôta un petit anneau d'or qu'elle portait
au doigt et le lui donna en lui promettant
de lui demeurer fidèle.

Peu de temps après, un nouveau pré-
tendant vint demander la main de Suzette ; elle le refusa. Mais le bruit avait
couru qu'elle l'acceptait, et Conrad, ne
pouvant trouver l'occasion de savoir de
Suzette la vérité, se laissa aller au désespoir et se fit soldat. Elle parvint à le
voir encore une fois avant son départ.
Quand il la revit, toujours fidèle et ai-
mante, il comprit la sottise qu'il avait
faite et pleura amèrement avec elle. Mais
ces regrets étaient tardifs ; son engage-
ment était pour onze ans ; il fallut partir.
Suzette continua à supporter avec patience et résignation les mauvais traitemens de sa belle-mère. Son père mourut.
Elle le pleura sincèrement ; ses larmes se
séchèrent bientôt à la pensée que rien
ne s'opposerait plus à son mariage avec

Conrad. Son père passait pour assez riche; et elle était son unique héritière :
tout le désir de Suzette était d'avoir assez
d'argent pour délivrer Conrad et de lui
acheter le droit de bourgeoisie et de
maîtrise. Son espoir fut trompée : sa
belle-mère avait dépensé tous les écus
que sa pauvre mère avait ramassés sou
par sou, et de tout ce qu'elle n'avait pas
dissipé, elle fit un paquet qu'elle emporta en se retirant chez ses parents. Il
ne restait plus à la pauvre Suzette que
son lit et une robe passable pour aller le
dimanche prier Dieu dans son temple.

Mais sa confiance en Dieu la sauva.
Elle pensa que rien n'était désespéré si
Conrad l'aimait encore. Elle lui écrivit,
et ne lui cacha pas que la seule dot
qu'elle pourrait lui apporter était un
cœur aimant et des mains habituées au
travail. Un mois après elle reçut une
réponse : Conrad l'aimait toujours, mais
il était engagé pour onze ans et le capitaine recruteur exigeait deux cents écus
pour lui rendre la liberté. Suzette à cette
heureuse nouvelle prit la résolution de
travailler et de racheter par le fruit de ses
veilles la liberté de son ami. Elle écrivit
à Conrad de prendre patience encore

quelques années et de mettre de côté tout
ce qu'il pourrait gagner par son travail.

Pour elle, elle se mit à l'ouvrage de
corps et d'âme. Pendant deux ans, elle
ne dormit guère que quatre heures chaque nuit. Des pommes-de-terre, du pain
et du sel faisaient toute sa nourriture.
Elle perdit à ce régime les couleurs de ses
joues ; ses joues devinrent caves ; l'expression douloureuse de sa figure excitait l'intérêt. « Mais, se disait-elle,
» quand il saura que c'est pour lui que
» je me suis privée du sommeil, pour lui
» que j'ai travaillé sans relâche, il me
» trouvera peut-être encore assez jolie. »
Ses forces cependant commencèrent à
s'épuiser, lorsqu'enfin elle eût complété
la somme de 200 écus. Elle fit ses ap-
prêts de voyage : elle lia deux chemises
dans un mouchoir, et cousit à fil double
et ciré ses 200 écus enfermés dans une
bourse de peau. Gaie et infatigable, quoique à pied, elle commença son voyage.
Le second jour de marche, un vieux juif
la joignit sur la route et lui demanda où
elle allait. Ils firent route ensemble, et
Suzette, franche et confiante dans son
bonheur, ne cacha point qu'elle portait
dans sa poche 200 écus pour racheter la

liberté de Conrad. En causant, ils arrivèrent à un petit village où Suzette, épuisée de fatigue, résolut de prendre sa couchée. Elle se fit donner dans la première auberge venue une botte de paille sur laquelle elle s'étendit. Quand au juif, il était retiré dans un coin de la grande salle, et s'était fait servir un verre d'eau-de-vie. Il était resté le soir à la même place, marmottant dans sa barbe et buvant. Vers les 10 heures il avait disparu, sans que personne sût par où il avait passé.

Suzette se réveille; elle se lève et voit qu'il est déjà tard. Le sommeil a réparé ses forces, elle se sent légère et forte; sa toilette est vite terminée; elle vérifie son petit paquet, ses deux chemises y sont; puis elle tâte sa poche pour s'assurer qu'elle a son trésor. Hélas! elle ne trouve plus ni poche, ni argent, on lui a coupé l'une et volé l'autre. — Son cœur se serre, elle reste immobile, les yeux secs et fixes: les sanglots qui gonflent sa poitrine s'échappent enfin; elle parcourt l'auberge comme une insensée, demande son argent à tout le monde; on la regarde, on la croit folle. L'aubergiste, femme grossière, l'accable d'injures, en la traitant d'aventurière, parce que lorsqu'on a une bourse et 200 écus dedans, on ne couche pas sur la paille, et l'on ne voyage pas avec un paquet de deux chemises à la main.

Aveuglé par les larmes qui voilent ses yeux, la malheureuse Suzette reprend le chemin de son village. Elle souffrit long-temps, mais reprit courage; elle travailla de nouveau, et la constance à lutter contre les obstacles rencontre toujours quelques occasions heureuses. Tombée malade, elle dut à un médecin probe et généreux la guérison, et de plus une petite somme assez ronde qui tendait à accélérer le complément de ses 200 écus. Trois ans se passèrent. Elle posa à genoux, en pleurant, folle d'aise et d'espoir, le dernier florin sur son trésor. Elle prépare sur le champ tout ce qui lui est nécessaire pour son second voyage. Mais l'expérience lui a profité, elle agit avec circonspection. D'abord elle porte son trésor chez un banquier qu'elle connaît et qui s'intéresse à elle. Il lui donne en échange un billet de banque qu'elle coud dans son corset. Sûre de ne plus être dépouillée, elle quitte son village, bien plus contente que la première fois et plus riche aussi ; car elle ignorait que le banquier avait ajouté vingt-cinq florins dont il voulait lui laisser la surprise à son arrivée vers Conrad. — Elle marche dix-huit jours : au dix-neuvième elle apperçoit à l'horizon les tours crénelées et les bastions d'une place de guerre. C'est là que Conrad est en garnison ; c'est là qu'il vit, qu'elle doit le revoir. Déjà elle aperçoit distinctement les sentinelles placées sur les remparts. Dans chaque habit bleu elle croit voir Conrad, et le cœur lui bat si fort qu'elle est obligée de s'arrêter. Elle marche à grands pas vers la barrière. Les horloges sonnent neuf heures. Mais où ira-t-elle chercher Conrad? Quelle rue choisir dans ce dédale de rues? Si un hasard fortuné jetait son amant devant ses pas, de quel bonheur ne jouirait-elle pas tout-à-coup. Elle avance toujours en caressant ces douces pensées. Une fanfare de trompettes frappe ses oreilles. Le son la conduit sur la place de la parade. Des soldats sont rangés sur deux lignes, ils ont le sabre nu. Suzette approche; elle voit un malheureux soldat, le dos dépouillé et sanglant passer entre cette haie que le roue de coups, par

ordre supérieur. — Le pauvre homme !
pense Suzette. Si mon Conrad est là,
il frappe bien doucement, j'en suis sûre.
Son cœur est si bon.

Par une curiosité incompréhensible,
elle s'efforce de voir la figure du patient.
Sous une pâleur mortelle elle reconnaît
celle de.... Conrad. Le bruit des trompettes couvre le cri qu'elle pousse et
ceux de son amant. Ils tombent presqu'au même temps évanouis, l'un de
douleur, l'autre de saisissement. Une
femme compatissante relève Suzette et
la porte dans une des boutiques qui entourent la place. Elle revient lentement
à elle; ses yeux interrogent ceux qui
l'entourent. Est-il mort ? dit Suzette
avec anxiété. — Pas encore, répond
un commis, on ne lui a arraché qu'un
peu de peau; il s'en tire à bon marché.
— Qu'avait-il fait ? — Il s'était depuis
quelque temps lié avec un mauvais sujet.
Hier cent hussards les ont rencontrés
presque à la frontière, à sept lieues
d'ici. Ces messieurs pour leur éviter la
fatigue du retour, les ont pris en croupe
et ramenés. Selon la loi ils devaient
être pendus. Mais comme celui que
vous avez vu avait été jusqu'alors un

brave militaire, assidu à ses devoirs et
aimé de ses officiers, au lieu de le pen-
dre on s'est contenté de lui épousseter
le dos. — Suzette n'écoutait plus depuis les premiers mots ces cruelles plai-
santéries. Elle tenait sa tête cachée dans
ses mains et pleurait. « Voilà donc,
pensait-elle, la récompense de tant d'a-
mour et de fidélité. Tandis que je travaillait nuit et jour, que je vivais de
privations et de veilles, lui hantait de
mauvaises compagnies et prenait la fui-
te. » Le soir venu elle quitta l'asile
qu'on lui avait donné. Chancelante et
les yeux rouges, elle marcha jusqu'au
corps-de-garde le plus voisin. Elle demanda à la sentinelle où l'on a déposé
le militaire passé aux verges le matin.
On lui indique l'hôpital militaire, les
portes s'ouvrent à sa prière. Quelle
entrevue ! Conrad étendu sur une botte
de foin tournait le visage à la muraille.
Suzette s'approcha. Elle pleurait trop
pour pouvoir parler. Elle pose ses deux
mains sur le bras de son ami. Il tourne
la tête vers elle. Les pleurs de Suzette
éclatent en sanglots. Conrad veut se
lever sur son séant, mais les forces lui
manquent ; il retombe. Elle prend une

de ses mains, et la presse avec ardeur
contre son sein. Le malade se retourne
encore, la fixe long-temps, et comme
si quelque commotion galvanique avait
soudain rendu à ses nerfs toutes leurs
forces, il retire brusquement la main
que tenait l'ouvrière, enfonce la figure
sous la paille en s'écriant: Mon Dieu!
mon Dieu! c'est mille fois plus douloureux que la bastonnade. Suzette ne
se laisse pas rebuter. Elle reprend cette
main qu'on lui cache, et y voit briller
l'anneau d'or qu'elle donna à Conrad,
bien avant la mort de son père. Tu as
encore ma bague, lui dit-elle doucement. — Et tu viens me la reprendre,
dit-il. Arrache-la; je ne l'ai pas méri-
tée. — Tu as donc des regrets? M'ai-
merais-tu encore? — Plût à Dieu que
je ne t'aimasse plus! Je ne serais ni si
coupable, ni accablé de tant de honte.
— Ah! lui dit Suzette, je te pardonne
tout; je veux tout oublier. Je viens te
racheter: j'ai travaillé pour cela cinq
ans, jours et nuits. Enfin j'ai réussi à
amasser 200 écus. — Bon Dieu! je m'en
reviendrai pas! Et il perdit connaissance.

Quand il rouvrit les yeux, sa raison
était égarée: une fièvre violente circu-

lait dans ses veines : il était sans mouvement, les yeux fermés, les lèvres
brûlantes, grelottant de froid ou suant
à grosses gouttes. Les baisers du Suzette
le firent revenir à lui : l'héroïque jeune
fille courut chez le capitaine, se jetta à
ses pieds, raconta sans le vouloir tout
ce qu'elle avait fait pour son amant, se
le fit rendre et fut heureuse. — On
n'aime plus ainsi.

FIN.

Montbéliard, Imprimerie de Th.-Fréd. Deckherr.

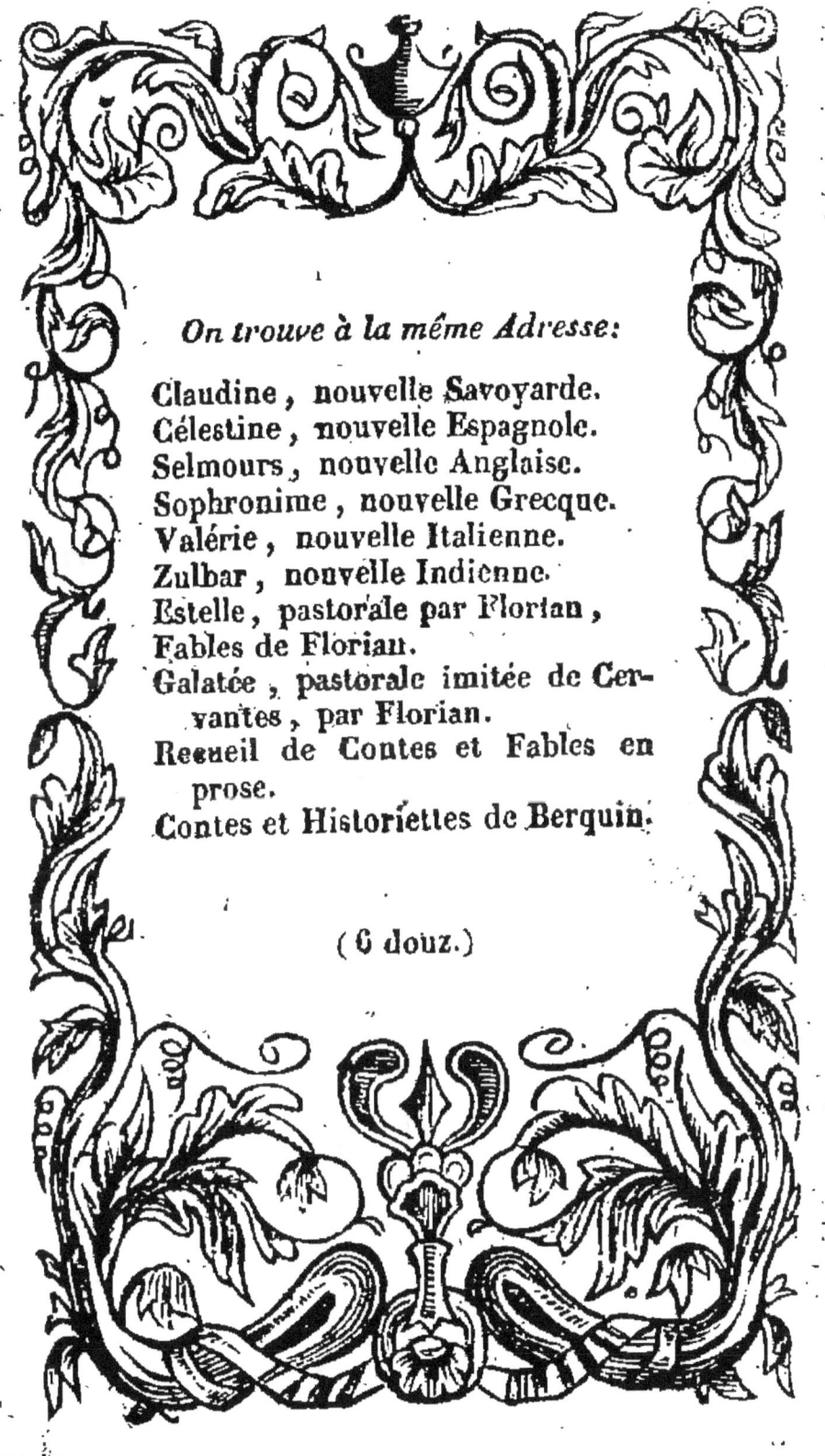

On trouve à la même Adresse:

Claudine , nouvelle Savoyarde.
Célestine , nouvelle Espagnole.
Selmours , nouvelle Anglaise.
Sophronime , nouvelle Grecque.
Valérie , nouvelle Italienne.
Zulbar , nouvelle Indienne.
Estelle , pastorale par Florian ,
Fables de Florian.
Galatée , pastorale imitée de Cer-
    vantes , par Florian.
Recueil de Contes et Fables en
    prose.
Contes et Historiettes de Berquin.

(6 douz.)

www.ingramcontent.com/pod-product-compliance
Lightning Source LLC
Chambersburg PA
CBHW060434260626
47161CB00005B/1915